Drei Fälle für Lord Hopper

Michaela Hanauer, 1969, im Jahr der ersten Mondlandung, geboren, konnte schon als Kind von Büchern nicht genug kriegen. Ursprünglich studierte sie Jura, tauschte dann aber sehr schnell die Gesetzestexte gegen Kinder- und Jugendliteratur und arbeitete in einem Verlag. Heute lebt sie als freie Autorin in München, wenn sie nicht gerade auf ausgiebigen Wanderungen die grüne Insel Irland erkundet.

Hanauer, Michaela:
Drei Fälle für Lord Hopper
Ein Pony ermittelt
ISBN 978 3 522 50588 8

Umschlagillustration: Nadine Jessler
Umschlagtypografie: zeroMedia GmbH, München
Innenillustrationen: Isabelle Dinter
Innentypografie: Kadja Gericke
Reproduktion: Medienfabrik, Stuttgart
Druck und Bindung: GGP Media GmbH, Pößneck

FSC www.fsc.org MIX Papier aus verantwortungsvollen Quellen FSC® C014496

Michaela Hanauer

Drei Fälle für LORD HOPPER

Mit Illustrationen von
Isabelle Dinter

PLANET!

LORD HOPPER

Ein Pony ermittelt

Guten Morgen auf Apfelbaum!

Träge blinzle ich in die ersten Sonnenstrahlen. Ich mag diese frühen Stunden, wenn auf Gut Apfelbaum noch alles ruhig ist. Dann gehört der Tag noch ganz allein mir. Nebenan auf der Weide liegt die hübsche New-Forest-Stute Kira und schmatzt leise im Schlaf. Es ist nämlich nicht wahr, dass wir Pferde nur im Stehen schlafen. Wenn wir uns richtig sicher und geborgen fühlen, dann legen wir uns gern zu einem kurzen Nickerchen hin. Und auf Gut Apfelbaum fühlt sich jedes Pony besonders wohl. Ich muss es wissen, denn ich bin schon viel in der Welt rumgekommen.

Ursprünglich stamme ich aus England. Daher auch mein Name: Lord Hopkins of Northcastle. Ich bin also ein echter Adeliger von der Nordburg. Die heißt so, weil sie im Norden an der Grenze zu Schottland liegt. Trotzdem bestehe ich nicht auf meinem vollen Titel. Alle dürfen mich mit meinem Spitznamen »Hopper« rufen.

Auf der britischen Insel hatte ich ein aufregendes Leben. Anfangs war ich für die Burgführungen zuständig. Unzähligen Familien, die uns vor allem im Sommer besuchten, zeigte ich, was ein Pferd im Mittelalter zu tun hatte. Ich schleppte ein Gerät hinter mir her, das den Acker pflügte. Danach konnten die Bauern in die entstandenen Furchen das Getreide aussäen. Oder ich führte vor, wie damals Ponys den Mühlstein drehten, damit darunter das Getreide zu Mehl zerrieben werden konnte. Das war ganz schön anstrengend. Am allerliebsten waren mir die Ritterturniere. Wenn die Ritter in ihren glänzenden Rüstungen aufeinander zuritten und versuchten, sich mit ihren Lanzen aus dem Sattel zu heben. Ein prächtiges Spektakel!

Leider war ich für ein Turnierpferd zu klein. Deshalb durfte ich meinen Besitzer und Freund, Lord Hopkins, nur als Gauklerpferd begleiten. Richtig gelesen! Mein Lord trägt denselben Namen wie ich. Besser gesagt, er hat mir seinen Namen gegeben, als ich als Fohlen zu ihm kam. Erst dadurch wurde ich sozusagen in den Adelsstand erhoben.

Wir machten uns oft einen großen Spaß aus dieser Namensgleichheit. Rief jemand nach dem menschlichen Lord, so kam ich angetrabt. Wollte ein anderer etwas von mir, erschien der zweibeinige Hopkins. Unangenehmen Pflichten konnten wir auf diese Weise wunderbar entkommen. Lord Hopkins' Frau, die ehrwürdige

Lady Mary, trieben wir damit so manches Mal zur Verzweiflung. Denn natürlich wollte sie die Mahlzeiten mit ihrem Mann einnehmen und nicht mit einem Pony. Vor die Kutsche wollte sie dafür viel lieber mich einspannen, als sich vom Lord durch die Gegend ziehen zu lassen. Ihr verdattertes Gesicht werde ich nie vergessen!

Auch auf den Turnieren sorgte unser Verwechslungsspiel für großes Hallo und Gejohle bei den Zuschauern. Sobald der Turniermarschall vollmundig den großen Lord Hopkins of Northcastle, Burgherr und Gastgeber, angekündigt hatte, schritt ich würdevoll auf meinen zwei Hinterbeinen durch das Tor in die Arena. Wurde dann sein Pony angekündigt, raste der Lord in die Mitte des Kampfplatzes und begrüßte die Menge mit einem lauten Wiehern. Danach ging unsere Show erst richtig los. Ich habe noch viel mehr Tricks auf Lager. Ich kann einen Ball zwischen den Ohren balancieren, mit einem Tuch im Maul in die Menge winken und mich mit einem höflichen Knicks für den Beifall bedanken. Zu unserer Nummer gehörte es außerdem, dass ich einem Zuschauer unauffällig etwas aus der Jackentasche stibitzte. Einen Schlüssel, ein Taschentuch, eine Uhr oder auch mal die Geldbörse. Am Ende der Vorstellung bekam er den Gegenstand unter viel Gelächter zurück. Im richtigen Leben stehle ich selbstverständlich nie. Schließlich bin ich kein Dieb!

Und beim Kinderturnier war ich der Held. Denn da veranstalteten die kleinen Besucher auf meinem Rücken ihre eigenen Ritterspiele. Natürlich durften sie nicht mit Lanzen oder Schwertern aufeinander losgehen. Das wäre viel zu gefährlich gewesen. Stattdessen konnten sie mit Holzstangen Ringe stechen. Die Ringe wurden für dieses Spiel alle paar Meter neben der Reitbahn auf Gestellen aufgehängt.

Die Reiter mussten versuchen, mit ihren Stangen nach den Ringen zu angeln und sie aufzufädeln. Das ist an sich schon schwer, aber wenn man dabei noch auf einem Pony sitzt, muss man wirklich sehr geschickt sein. Sieger wurde, wer am schnellsten die meisten Ringe geschnappt hatte. Wenn ich meinen Reiter mochte, dann habe ich mir viel Mühe gegeben, nicht zu sehr zu schaukeln. Allerdings konnte es auch passieren, dass ich einen besonders hastigen Schritt machte, wenn mich eines der Kinder vorher geärgert hatte. Versehentlich natürlich!

Das war eine tolle Zeit. Am besten war die »teatime« auf der Nordburg. Jeden Tag, Sommer wie Winter, lassen die Engländer um fünf Uhr alles stehen und liegen und genießen ihren Nachmittagstee. Tee ist zwar nicht nach meinem Geschmack – ich trinke lieber Wasser –, aber die Leckereien, die dazu gegessen werden, schätze ich sehr. Nichts, absolut

gar nichts, geht über ein Gurkensandwich. Ein weiches, lockeres Weißbrot mit saftigen, dicken Gurkenscheiben, hmm, lecker! Mir läuft jedes Mal das Wasser im Maul zusammen, wenn ich nur daran denke.

Auch spater, als mein Lord und ich berühmte Schauspieler wurden und wir zusammen viele Stücke auf Freilichtbühnen aufführten, ließen wir uns den Nachmittagssnack nie nehmen. Pünktlich um fünf packte er die Thermoskanne mit Tee aus und teilte mit mir Kekse und Brote. Unsere Schauspielkollegen belächelten uns anfangs immer. Aber nur so lange, bis wir sie einluden, mitzuspeisen. Danach waren immer alle gestärkt und das Theaterspielen fiel umso leichter.

Und was wir alles spielten – Black Beauty, Robin Hood, Winnetou, Pocahontas und vieles mehr. Als Hirsedieb musste ich mir die Flecken in meinem Fell und meine lange schwarze Mähne komplett weiß schminken lassen. Brr, das kitzelte immer so in den Nüstern, dass ich Angst hatte, jeden Augenblick niesen zu müssen. Aber schließlich war ich Profi. Am allerliebsten mochte ich die großen Detektive Sherlock Holmes oder Miss Marple.

Schade, dass es in Krimis so wenig gute Rollen für Ponys gibt. Oder sollte ich besser sagen, es gibt überhaupt keine. Obwohl Ponys ganz hervorragende Detektive wären. Nicht nur auf der Bühne, sondern auch in Wirklichkeit. Davon bin ich felsenfest überzeugt, denn ich habe mir haargenau gemerkt, wie's gemacht wird.

Vor ein paar Jahren setzte sich mein Lord dann zur Ruhe. Damit ich mich als einziges Pony auf der Burg nicht langweile, hat er mich zu seiner Cousine Jolantha geschickt. Sie ist, glaube ich, keine echte Cousine, sondern nur über vier oder fünf Ecken mit dem Lord verwandt. Ist aber egal, denn ich nenne sie einfach Tante Jo, wie alle anderen auf dem Hof.

Ihr und Onkel Otto gehört Gut Apfelbaum. Bevor Tante Jo eine Reitschule gründete, gab es hier nämlich vor allem Äpfel. Denn Onkel Otto ist Apfelbauer. Er verkauft die Äpfel aber nicht nur einfach so, sondern macht auch Apfelsaft, Apfelgelee und Apfelkompott daraus. Manchmal hat Tante Jo gute Laune und backt sogar Apfelkuchen. Der duftet dann über den ganzen Hof und schmeckt fast so gut wie Gurkensandwich. Manchmal vermisse ich meinen Lord, die Burg und den Beifall der Zuschauer. Ob ich ihn wohl jemals wiedersehe?

Trotzdem habe ich es richtig gut erwischt und genieße meine Freiheit auf dem Hof. Tante Jo hat schnell erkannt, dass es keinen Sinn hat, mich in einen Stall zu sperren. Es gibt keinen Riegel, den ich nicht aufbekomme! Und keinen Zaun, über den ich nicht springen kann. Darauf bilde ich mir eine Menge ein.

Die Auslaufboxen sind zwar schön geräumig und wir haben auf den Weiden viel Platz, aber es geht doch nichts über einen kleinen Spaziergang in die Umgebung. Auch mal ohne Reiter, damit ich bestimmen kann, wo es langgeht. Oder ein kurzer Besuch an Tante Jos Küchenfenster, wenn einer ihrer Kuchen zum Auskühlen auf dem Fensterbrett steht …

Je mehr ich über Essen nachdenke, desto größer wird mein Hunger. Weil ich um diese frühe Uhrzeit noch zu faul bin, mich nach etwas Besonderem umzusehen, tappe ich nur ein paar Schritte weit weg von meinem Schlafplatz. Dort zupfe ich ein wenig am Gras. Auch nicht zu verachten. Schließlich wird es gerade Frühling und die ersten Halme sind saftig und zart.

Inzwischen sind auch ein paar andere Ponys aufgewacht. Mit einem leisen Wiehern wünsche ich meinen Freunden einen guten Morgen.

»Guten Morgen, Hopper«, antwortet Kira mir. »Na, suchst du dir wieder nur die feinsten Gräser aus?«

»Komm doch rüber, dann teile ich mein Frühstück mit dir«, schnaube ich zurück.

Ich mag Kira und bin ihr wegen der Neckerei nicht böse. Hätte sich Amato das erlaubt, hätte ich ihn wahrscheinlich ein bisschen über die Wiese gejagt. Denn von einem Schimmelwallach lasse ich mir so etwas nicht gefallen. Die Schlafmütze schlummert aber sowieso noch. Es verspricht ein großartiger Tag zu werden.

Ein blinder Esser

Als endlich alle wach sind und gefuttert haben, nutzen wir die Zeit zum Spielen. Wir sind insgesamt sechs Reitschulpferde und noch mal so viele Pferde von Privatbesitzern auf der Nachbarkoppel. Zuerst versuchen wir uns gegenseitig zu fangen. Mich kriegt so leicht keiner, denn im Ausweichen bin ich einsame Spitze. Immer wenn Amato schon denkt, dass er mich am Zaun in die Enge getrieben hat, dann schaffe ich es noch, mit einem geschickten Bocksprung die Richtung zu wechseln, und er läuft ins Leere. Dann wiehert er ganz laut und ärgert sich schrecklich.

»Hallo, hier bin ich!«, schnaube ich fröhlich und zwicke ihn ganz leicht ins Hinterteil.

Er grummelt ärgerlich: »Hopper, du bist eine echte Landplage! Warte, wenn ich dich erwische, dann beiße ich dich in die Kruppe.«

»Dafür musst du mich aber erst mal fangen!«

Ich halte auf einen Baum neben unserem Unterstand zu, dessen Äste ziemlich niedrig hängen. Für mich ist es gar kein Problem, darunter durchzuschlüpfen. Nur Amato ist ein ausgewachsenes Großpferd. Wie ich erwartet habe, ist dem dummen Kerl in seiner Wut entfallen, dass er ein Stockmaß von deutlich über 148 cm hat.

»Autsch«, quiekt er, als ihm die ersten Äste ein paar knackige Peitschenhiebe verpassen.

»So leicht wird ein hohes Ross geschlagen«, lache ich laut vor Vergnügen und ziehe noch ein paar Grimassen dazu.

Beim Wettrennen nach dem Mittagsschläfchen vergeht mir das Lachen. Kurze Beine haben auch ein paar Nachteile. Ich kann mich noch so sehr anstrengen, aber die Großen haben immer eine Nasenlänge Vorsprung. Auf gerader Strecke helfen mir Hüpfer und andere Kapriolen nichts.

Amato wiehert schadenfroh: »Verlierer haben kurze Beine!« Zum Trost stupst Kira mich am Hals an. »Mach dir nichts draus. Großes Maul, kleines Hirn!«

Tatsächlich ist meine Niederlage gleich vergessen.

»Hopper, Hopper, komm her, mein Süßer!«, ruft es vom Zaun. Sofort spitze ich meine Ohren in die Richtung. Das ist Bine, Tante Jos Nichte und die allerallerbeste Menschenfreundin, die man sich nur wünschen kann. Augenblicklich lasse ich alles stehen und liegen, verabschiede mich von Kira und trabe los. Nicht nur, dass Bine immer eine feine Leckerei für mich in der Jackentasche hat, oh nein, sie krault mich auch immer herrlich hinter den Ohren. Genau an der Stelle, an der ich es besonders gernhabe.

Man könnte sagen, eigentlich gehört sie mir. Menschen sagen das natürlich genau andersherum – sie findet, ich gehöre ihr. Genau genommen gehören wir einfach zusammen und gehen durch dick und dünn. Manchmal habe ich fast das Gefühl, dass sie mich verstehen kann. Ich meine, dass sie unsere Pferdesprache deuten kann. Nicht wörtlich, aber immerhin sinngemäß. Jedenfalls viel besser als die meisten Zweibeiner. Das ist wirklich prima. Meistens genügt es, dass wir Ponys unsere Reiter verstehen, aber ab und zu ist es auch sehr praktisch, wenn uns jemand zuhört.

Vormittags geht Bine in die Schule. Schon in die fünfte Klasse. Falls ich das richtig mitgekriegt habe, lernt sie dort so schlaue Sachen wie eins und eins zusammenrechnen. Weiß doch jeder, dass das zwei ist, oder? Andererseits erfährt sie auch etwas über meine Heimat England und andere ferne Länder, in denen noch nicht einmal ich bisher war. Bis auf diese Rechensache geht Bine gern in die Schule, sagt sie. Und nachmittags, wenn sie endlich hier ist, erzählt sie mir, was sie gelernt hat. Das ist beinahe so, als ob ich mit in der Schule sitzen würde. Ich genieße das und lausche immer ganz genau. Bine ist eine hervorragende Lehrerin.

»Hallo Hopper, sieh mal, was ich dir mitgebracht habe.«

Wusste ich es doch! Ich schiebe meinen Kopf nach vorne und fresse behutsam das Gurkenstück aus Bines Hand.

»Pfui, du sabberst«, stellt sie lachend fest, »und dreckverkrustet bist du auch. Sollen wir dich als Erstes einmal gründlich putzen?«

Ich schmatze genüsslich vor mich hin und nicke leicht mit dem Kopf. Das soll heißen:

»Putzen ist eine prima Idee.«

Bine kapiert sofort. Sie öffnet das Gatter und wir marschieren nebeneinander zum Hof. Andere Ponys bekommen nur für dieses winzige Stück ein Halfter angelegt, mit dem sie geführt werden. Aber Bine und ich haben uns geeinigt, dass wir das nicht brauchen. Sie weiß, dass ich diese Führungsstricke nicht leiden kann, und ich laufe nicht weg. So funktioniert das wunderbar. Rechts von uns wiegen sich Onkel Ottos Apfelbäume leise im Wind. Sie

bekommen schon die ersten zartrosa-weißen Blüten. Zauberland! Ich recke meinen Kopf nach oben und schnuppere den lieblichen Duft.

»Ich mag diesen Geruch auch!«, sagt Bine.

Vor uns liegt das Gut. Ziegelrot mit reetgedecktem Dach strahlt es seinen Besuchern freundlich entgegen.

Im Innenhof warte ich, bis Bine das Putzzeug geholt hat. Ich mag es, wenn Bine mir richtig kräftig das Fell schrubbt. Vor allem, wenn ich, wie momentan, noch Reste meines lästigen warmen Winterfells trage. Das ist in der kalten Jahreszeit sehr nützlich, um auch bei den eisigsten Temperaturen draußen nicht zu frieren. Im Frühling wird es mir aber schnell zu heiß und ich freue mich, wenn ich es wieder los bin. Bine putzt emsig und schnauft bald ziemlich laut, weil es so anstrengend ist. Mein ganzer Pelz bleibt an ihrem Sweatshirt haften und es sieht beinahe so aus, als ob sie sich ein Fell wachsen lassen würde. Ich sauge ein bisschen Luft durch die Nüstern und puste Bine an. Haare wirbeln herum.

»He, lass das, wenn du Staubsauger spielst, machst du alles nur schlimmer!«

Tante Jo stampft in Gummistiefeln an uns vorbei. Vor sich her schiebt sie eine schwere Schubkarre, beladen mit Futtersäcken.

»Hallo Bine, du bist aber fleißig. Und du, kleiner Spitzbube, genießt du deine Putzmassage wenigstens?« Sie hat die Schubkarre abgestellt und tätschelt gut gelaunt meinen Hals. Bevor ich mich wegen des Spitzbuben beschweren kann, hievt sie ihre schwere Last wieder hoch und wackelt in Richtung der Gebäude.

Ich habe gerade wieder genussvoll die Augen geschlossen, als ein lautes Geschimpfe und Gepolter aus dem Haus zu hören ist. Träge öffne ich ein Lid. Bine hält ebenfalls mitten im Bürstenstrich inne.

Rot vor Zorn kommt Tante Jo wieder aus der Tür geschossen. »Das ist doch wirklich die Höhe!« Wutschnaubend baut sie sich vor Bine und mir auf. »Hast du den Karottensack aufgerissen und den letzten Heuballen zerrupft?«

Bine schüttelt den Kopf. »Nein, ich war heute noch gar nicht in der Futterkammer. Und gestern war noch ein offener Sack da.«

»Eben, daran erinnere ich mich auch noch ganz genau. Aber heute ist davon kein winziges Rübchen mehr übrig und jemand hat auch noch das Heu in der ganzen Kammer verteilt.«

»Vielleicht einer der Privatbesitzer?«, vermutet Bine.

»Denen werde ich was erzählen, wenn sie sich ungefragt an den Schulvorräten bedienen und dann auch noch so einen Saustall hinterlassen!«

Ich scharre ungeduldig mit dem rechten Vorderhuf, weil es mir nicht gefällt, dass meine Körperpflege so lange unterbrochen wird.

Tante Jo sieht mich streng an: »Wehe, ich finde heraus, dass du der blinde Esser bist, Hopper!«

Beleidigt drehe ich den Kopf zur Seite. So eine Frechheit. Vorräte aus der Futterkammer stibitzen, das ist unter meiner Würde! Viel zu einfach.

»Das würde Hopper niemals tun!«, verteidigt Bine mich.

»Wollen wir es hoffen«, sagt Tante Jo und macht auf dem Absatz kehrt.

Hopper unter Verdacht

In den nächsten Tagen verschwindet immer wieder etwas aus der Futterkammer. Hier ein halber Eimer Pellets, dort ein Armvoll Einstreu. Tante Jo läuft jetzt meistens mit grimmiger Miene über den Hof. Deshalb gehe ich ihr lieber aus dem Weg. Von Bine weiß ich, dass sie sämtlichen Schülerinnen, die sich vor und nach dem Unterricht zusätzlich um ihre gerittenen Schulpferde kümmern, eine ordentliche Standpauke gehalten hat. Ohne Erfolg.

Mit den Privatbesitzern ist das etwas schwieriger, denn sie geben ziemlich viel Geld dafür aus, ihre Pferde unterstellen zu können.

Ohne diese zahlenden Gäste könnte Tante Jo das Gut nicht betreiben. Da kann sie natürlich nicht einfach hingehen, alle anschnauzen und damit möglicherweise vergraulen, hat Bine mir erklärt. Sehe ich ja ein, aber das ist noch lange kein Grund, *mich* zum Sündenbock zu machen.

Bine und ich wollen gerade zu einem kleinen Ausritt aufbrechen, als Tante Jo um die Ecke biegt. In meiner Vorfreude habe ich sie leider nicht rechtzeitig bemerkt, sonst hätte ich mich schnell verdrückt. Eine schrecklich steile Falte hat sie auf der Stirn und sie lacht auch nicht wie sonst. Sie stemmt die Hände in die Hüften und legt los: »Jetzt auch noch die Lageräpfel! Hopper, du wirst immer dreister. Wenn deine Diebstähle nicht augenblicklich aufhören, dann sperre ich dich in den Stall und hänge ein dickes Vorhängeschloss an die Boxentür. Und auf Diät setze ich dich obendrein, denn du hast für die nächsten Wochen genug im Voraus gefuttert!«

Erschrocken lege ich die Ohren an. Bine sieht mindestens genauso erschüttert aus.

»Aber Tante Jo, du hast doch keinen einzigen Beweis, dass Hopper das war. Für so was ist er viel zu ehrlich, das weiß ich ganz genau. Außerdem bekommt er von mir genügend Futter, und Leckerbissen obendrein. Das hat er gar nicht nötig!«

»Und wer bitte schön ist sonst so verfressen und sucht sich ständig die besten Happen? Erinnere dich an die Apfelkuchen letzten Herbst.«

Bine und ich ziehen schuldbewusst die Köpfe ein. Die Apfelkuchensache ist leider wahr, das muss ich zugeben.

Onkel Otto und Tante Jo erwarteten Besuch. Nicht nur ein paar gute Freunde wie sonst, sondern wichtigen Besuch, der in Zukunft einen großen Teil von Onkel Ottos Apfelernte abnehmen sollte. Aber das wusste ich natürlich nicht. Mir sagt ja keiner was und Bine war zu der Zeit mit ihren Eltern im Urlaub. Sonst wäre es sicher nicht passiert.

Jedenfalls legte sich Tante Jo mächtig ins Zeug und backte die leckersten Kuchen, die Gut Apfelbaum jemals gesehen hatte. Nicht nur einer, sondern gleich zwei Stück standen auf dem Fensterbrett zum Auskühlen. Das Küchenfenster war offen und ich kam rein zufällig vorbei. Eigentlich wollte ich meinen Fünf-Uhr-Snack abholen. Denn wenn Bine nicht da ist, dann übernimmt es normalerweise Tante Jo, mir meinen Lieblingsleckerbissen zuzustecken. Sie schüttelt dabei zwar immer den Kopf und behauptet, ich sei viel zu verwöhnt. Trotzdem hat sie es noch nie vergessen. Außer an jenem Tag.

Weit und breit war nichts von ihr zu sehen. Mein Magen knurrte unheimlich und der Duft der Kuchen war sooooo verführerisch.

Ich redete mir ein, dass bestimmt einer der Kuchen für mich bestimmt war und Tante Jo nur noch nicht dazu gekommen war, ihn mir zu überreichen. Warum sollte ich ihr als Dankeschön nicht ein wenig Arbeit abnehmen und mich einfach selbst bedienen?

Wahrscheinlich hatte sie doch genau deswegen das Fenster offen gelassen. Ich steckte also meine Nase in die Küche und mampfte genüsslich. Da hatte ich mir noch ganz fest vorgenommen, nur einen Kuchen zu verputzen. Denn der andere war nicht für mich, das ahnte sogar ich.

Aber der Kuchen war so lecker! Deshalb knabberte ich auch noch den zweiten an. Nur an einer einzigen Ecke. Ehrlich! Den Rest hatte ich absichtlich übrig gelassen, damit Tante Jo und Onkel Otto nicht leer ausgingen. Meine vornehme Zurückhaltung würdigte allerdings kein Mensch. Mit Ausnahme von Bine, die aber erst für mich Partei ergreifen konnte, als sie endlich wieder da war.

An dem Nachmittag hat mir das jedenfalls gar nichts genutzt. Noch schmatzend lief ich direkt Tante Jo in die Arme, die an meiner Nase sofort die Überbleibsel ihres Kuchens kleben sah. Das war ein Theater! Onkel Otto und Tante Jo streiten sonst nie. Aber da wurde richtig gezankt. Er warf ihr vor, ihre Pferde nicht richtig im Griff zu haben und absichtlich seine Geschäfte zu ruinieren. Und sie beschimpfte ihn, ständig nur ans Geld zu denken. Und schuld an allem war ich.

So viel Schelte hatte ich in meinem ganzen Leben noch nicht gekriegt. Vier Wochen lang bekam ich weder um fünf Uhr noch sonst irgendwann auch nur einen kleinen extra Leckerbissen, bis Bine Mitleid hatte.

Ich finde, ich habe genug gebüßt und es ist nicht fair, damit jetzt wieder anzufangen. Bine sieht das ähnlich: »Immerhin hast du damals Hoppers Fünf-Uhr-Leckerli vergessen. Sonst hätte er nie im Leben deinen Kuchen verdrückt!«

»Ach so, am Ende bin ich selbst schuld, dass das verrückte Pony meine ganzen Vorräte auffrisst? Pass du besser auf deinen Hopper auf. Wenn in einer Woche immer noch was wegkommt, dann ist es aus mit seiner Freiheit auf dem Hof!«

Ratlos hocken Bine und ich vor dem Stall. Die Lust auf einen Ausflug ist uns gründlich vergangen.

Eine Woche Galgenfrist. Bine sieht mich an. »Du warst es doch nicht, Hopper, oder?«

Energisch schüttle ich den Kopf.

»Dann müssen wir den wahren Täter überführen. Verstehst du, so wie richtige Detektive.«

Prima Einfall! Dass ich da nicht selbst drauf gekommen bin. Bine liebt Krimis ebenso wie ich. Wir haben schon viele Detektivgeschichten zusammen gelesen und anschließend Spurensuche gespielt. Jetzt wird es ernst. Einen besseren Ermittlungspartner als Bine kann ich mir kaum vorstellen.

»Du verhörst die anderen Pferde und ich die anderen Menschen«, schlägt sie vor. »Und heute Abend treffen wir uns wieder und vergleichen, was wir rausgefunden haben.«

So wird's gemacht. Genau wie mein Vorbild, der berühmte Detektiv Sherlock Holmes und sein Freund und Assistent Dr. Watson. Ponydetektiv Hopper und Dr. Bine nehmen die Arbeit auf!

Ponydetektiv Hopper legt los

Als Erstes brauche ich einen Plan, denn ein echter Detektiv trabt nicht einfach los. Vor allem muss ich unauffällig vorgehen, damit der Dieb keinen Verdacht schöpft.

Ich beschließe, zunächst den Tatort zu besichtigen und dort die Spuren zu sichern. Allerdings muss ich höllisch aufpassen, dass Tante Jo mich nicht erwischt. Vorsichtig luge ich um jede Ecke der Stallgasse und nehme ein paar Umwege in Kauf, damit ich niemandem begegne. Zum Glück ist der Stall fast leer, denn die meisten Pferde sind auf der Weide. Nur ein paar Privatpferde müssen bei dem schönen Wetter in ihren Boxen stehen, weil ihre ungnädigen Besitzer nicht so viel Arbeit mit dem Putzen haben wollen. Kurz bevor ich bei der Futterkammer an-

komme, lausche ich noch einmal in alle Richtungen.

Alles ruhig. Vorsichtig setze ich einen Huf vor den anderen und schiebe mich heran. Neben der Vorratskammer liegt ein hoher Stapel aus Strohballen. Sie sehen unberührt aus, so wie sie vom Bauern Haferkorn geliefert werden. Hier hat sich der Dieb also noch nicht bedient. Die Tür ist mit einem breiten Riegel verschlossen. Kein Problem für mich. Ich packe mit den Zähnen zu und schiebe ihn nach rechts. Na bitte, schon schwingt die Tür auf.

Drinnen ist das Schlaraffenland. Es riecht nach Heu, Getreide, Karotten und anderen Köstlichkeiten. Aber ich bin nicht hier, um zu klauen. Ich erinnere mich, dass als Letztes Äpfel abhandengekommen sind. Dahinten in der Ecke stehen die Holzkisten fürs Obst. Die nehme ich mir vor. Tatsächlich fehlt in der obersten Kiste eine ganze Lage. Aber das könnte jeder gewesen sein. Ist nicht weiter schwierig, da ranzukommen. Das schafft jeder Anfänger. Ich überlege, ob ich bei der Gelegenheit nicht doch einen kleinen Happen essen soll. Ein einziger Apfel würde nicht weiter auffallen, oder?

Nein, lieber nicht. Ich bin schließlich der Detektiv und nicht der Dieb. Toll wäre es, wenn ich eine Lupe hätte, dann könnte ich mir alles noch genauer ansehen. Vielleicht kann ich das Bine später irgendwie begreiflich machen. Im Moment muss es ohne gehen. Weil bei den Obstkisten absolut nichts zu entdecken ist, untersuche ich die Karottensäcke. Der vorderste ist ordentlich aufgeschnitten und sieht auch nicht weiter verdächtig aus.

Aber halt – aufgeschnitten! Das heißt, jemand hat ein Messer oder eine Schere benutzt. Das ist doch schon ein erster Hinweis! Nicht einmal ich könnte mit so einem Gerät umgehen. Dann können das die anderen Pferde und Ponys erst recht nicht. Wenn ich mir viel Mühe geben würde, dann könnte ich so einen Jutesack vielleicht mit den Zähnen packen und aufreißen, aber das gäbe niemals so einen sauberen Schnitt.

Bingo! Damit fallen alle Vierbeiner auf dem Hof als Verdächtige aus. Das hätte Tante Jo auch auffallen können. Stattdessen versteift sie sich immer mehr auf mich. Doppelt gemein!

Das verstreute Heu, von dem Tante Jo berichtet hat, ist inzwischen natürlich längst zusammengefegt. Der Besen lehnt auf einem kleinen Häufchen in der Ecke. Behutsam hebe ich den Besen beiseite und stecke dann meine Nase ins Heu. Doch ein Gedankenblitz lässt mich innehalten. Wonach suche ich eigentlich? Die Stecknadel im Heuhaufen? Wenn ich jetzt zu sehr herumwühle, fällt es auf. Ein guter Detektiv würde sicher vorher überlegen, ob sich das lohnt. Andererseits könnte es doch sein, dass dem Täter aus Versehen etwas aus der Tasche gerutscht ist. Ein Kaugummi oder ein Kugelschreiber. Was Menschen eben so mit sich rumschleppen. Das wäre ein prima Hinweis. Einen Versuch ist es wert.

Ich hole kräftig Luft und blase mit meinen Nüstern in den Haufen. Wie erwartet wirbelt das leichte, getrocknete Gras hoch. Ich muss die Augen etwas zukneifen und ein Niesen unterdrücken. Erfolg auf ganzer Linie! Da, am Boden blitzt doch etwas! Rechtzeitig, bevor die ganze Pracht das Ding wieder bedeckt, stelle ich schnell meinen rechten Vorderhuf darauf und ziehe das Teil vorsichtig zu einem freien Fleckchen. Dann hebe ich meinen Fuß und beäuge meinen Fund. Das habe ich doch schon mal gesehen? Wenn ich nur wüsste … Ach ja! Das ist eine Haarspange. Die tragen doch Mädchen, um ihre langen Haare zu bändigen.

Einmal hat Bine vor einem Turnier mit so was meine Mähne geschmückt. Ein bisschen übertrieben, fand ich, aber was tut man nicht alles für die beste Freundin.

Der Dieb ist also ziemlich sicher ein Mädchen. Ein Mädchen mit langen Haaren. Das schränkt den Kreis der Verdächtigen zwar nicht sonderlich ein, denn die meisten Reitschüler sind Mädchen und tragen Zöpfe oder einen Pferdeschwanz. Trotzdem könnte es sein, dass Bine weiß, wem die Spange gehört, und dann ist der Fall gelöst. So einfach ist das. Schade, ich hätte gerne noch länger ermittelt. Macht richtig Spaß! Aber wenigstens werde ich jetzt nicht eingesperrt.

Also auf zu Bine. Die Spange befördere ich mit einiger Mühe in meine schwarze Mähne. Wie gut, dass ich so lange, dicke Haare habe, da bleibt sie hoffentlich lange genug hängen. Manchmal wären zwei Hände doch praktischer als Hufe.

Als ich einen letzten Blick zurück in die Futterkammer werfe, bekomme ich einen ziemlichen Schreck. Ganz schönes Chaos, das ich da angerichtet habe. Gelöster Fall hin oder her, davon wird Tante Jo nicht begeistert sein. Seufzend schnappe ich mir mit dem Maul den Besen und versuche, die schlimmsten Spuren zu vertuschen. Es sieht zwar nicht ganz so ordentlich aus wie vorher, denn ich bin zu groß, um in allen Ecken zu fegen, aber es muss reichen.

Draußen ist mehr los als vorhin. Wahrscheinlich fängt gleich eine Reitstunde an, denn es tummeln sich schon einige Schülerinnen auf dem Weg zur Sattelkammer. Dennoch falle ich nicht weiter auf, zumal die meisten mich kennen und wissen, dass ich ab und zu allein unterwegs bin.

»Hallo, Hopper«, begrüßt mich ein rothaariges Mädchen. Sie heißt Sandra, glaube ich, und steht neben Amato und versucht ihm die Hufe auszukratzen. Der dumme Wallach macht es ihr ziemlich schwer. Als er mich sieht, rollt er sofort mit den Augen. »Komm mir bloß nicht zu nahe«, brummelt er, weil ich ihn heute Morgen beim Fangen wieder abgehängt habe.

»Wenn jemand nur auf drei Beinen steht, sollte er das Maul nicht so weit aufreißen!«, blaffe ich zurück und lasse es mir nicht nehmen, einen Blick auf Sandras Frisur zu werfen, bevor ich verdufte. Sie hält ihre Locken zwar mit einem Haarreifen aus der Stirn, aber Spangen kann ich nicht entdecken. Also weiter.

»Na, Hopper, wird es nicht Zeit für deine tägliche Pause?«, höre ich eine Stimme hinter mir. Das ist Paula, die Tochter von Bauer Haferkorn. Ihren Kopf brauche ich gar nicht genauer zu untersuchen, denn sie hat raspelkurze, braune Haare und braucht sicher keine Spangen. Außerdem hat sie als Bauerntochter ausreichend Futter zu Hause. Und sie hat recht. Wie auf Kommando fängt mein Magen an zu meutern. Ich muss dringend Bine finden und mir mein Leckerli abholen.

Wem gehört die Haarspange?

Im Innenhof winkt mir Bine mit einer ganzen Gurke entgegen. Mir läuft das Wasser im Mund zusammen. Als Detektiv bin ich freilich zuerst meiner Aufgabe verpflichtet. Deshalb drängle ich mich an Bine heran und hoffe, dass sie die Spange findet. Das kleine Mistding hat sich mittlerweile ziemlich in meiner Mähne verfilzt. Das merke ich daran, dass es mich gemein ziept. Es ist bestimmt nicht mehr auf den ersten Blick zu entdecken.

»Seit wann willst du denn gar nicht naschen? Und warum bist du so verdreckt?«, wundert sich Bine. »Sogar deine Mähne ist ein einziger Heuhaufen.«

Sie fängt an, mir die einzelnen Halme aus den Haaren zu zupfen. Das ist nicht gerade angenehm, aber ich halte still. Ist ja für einen guten Zweck.

»Was hast du dir da denn eingefangen?« Na endlich, Bine hat die Spange gefunden und fummelt sie ans Tageslicht.

Ich strecke mich stolz und lausche gespannt, was sie zu meiner heißen Spur sagen wird. Doch dann traue ich beinahe meinen Ohren nicht.

»Oh, du bist der Beste. Vielen Dank, dass du meine Spange wiedergefunden hast. Ich vermisse sie schon seit Tagen!«

Bines Spange? Ein feiner Detektiv bin ich – anstatt den Fall zu lösen, bringe ich nur Bines Sachen zurück. Wie ein Hund, der Stöckchen holt. Nein, noch viel schlimmer als ein Hund, denn ich habe nicht einmal erkannt, dass die Spange meinem »Frauchen« gehört. Ich ärgere mich grün und blau. Es nützt überhaupt nichts, dass Bine mich lobt und mir als Belohnung eine erstklassige Striegelei verpasst. Erst als sie von ihren Untersuchungen erzählt, fange ich an, mich zu beruhigen.

»Nach unserer Reitstunde habe ich die Diebstähle ganz unauffällig bei Sandra, Yvonne und Paula ins Gespräch gebracht. Die blöde Yvonne hat sofort dich beschuldigt. So eine Kuh! Aber Paula und ich waren uns zum Glück einig, dass das nicht stimmt. Und Sandra glaubt sowieso, dass Tante Jo sich das alles nur einbildet.«

Aha, Fräulein Oberschlau Yvonne, das ist ja höchst interessant. Würde der so passen, mich vorzuschieben, um von sich selbst abzulenken. Diese Suppe werde ich ihr versalzen. Und ich weiß auch schon wie. Ich muss nur herausfinden, welche Pferde Yvonne in letzter Zeit geritten hat.

Ungewohnt freiwillig lasse ich mich heute auf die Weide bringen. Dort starte ich den

zweiten Schritt eines wahren Meisterdetektivs: das Verhör von Zeugen!

Ich fange mit Kira an. Zum einen, weil ich sie am liebsten mag, und zum anderen, weil sie als neugierige Stutendame immer eine Menge mitbekommt.

»Hallo, Kira! Lust auf einen kleinen Abendspaziergang über die Weide?«

»Was willst du, Hopper?«

»Muss man immer etwas wollen, wenn man mit seiner Lieblingsstute ein wenig plaudern möchte?«

»Mach mir nichts vor, wenn du so höflich fragst, dann hast du was auf dem Herzen.«

Zu dumm, dass Kira mich so gut kennt. Da bleibt mir nichts anderes übrig, als mit offenen Karten zu spielen.

»Also pass auf, das muss aber unter uns bleiben, hast du mich verstanden?«

»Ja, ja, jetzt leg schon los!«

»Es geht um die Futterdiebstähle.«

»Hab schon gehört, dass du da Selbstbedienungsladen gespielt hast.«

Empört stoße ich Kira an. »Nicht du auch noch! Ich war das nicht, das musst du mir glauben.«

»Ist ja gut, aber wer war's dann?«

»Das versuche ich eben rauszufinden. Deshalb will ich wissen, welche Pferde in letzter Zeit Unterricht mit Yvonne hatten.«

»Yvonne, mal überlegen ... Mit der war ich heute unterwegs, vorgestern Amato und letzte Woche Fiora. Warum?«

»Hat sie euch vielleicht mehr verwöhnt als sonst? Eine extra Karotte oder besonders viele Äpfel?«

»Verwöhnt, von der?« Kira lacht schnaubend auf. »Mit Yvonne bist du auf dem Holzweg, Hopper. Du kannst froh sein, wenn sie dir mal den Hals tätschelt und dich einigermaßen ordentlich abreibt nach dem Unterricht. Ein Leckerli hat von der noch keiner bekommen, auch nicht in den letzten Tagen.«

So ein Mist, schon wieder eine falsche Fährte. Mein erster Fall ist kniffliger, als ich dachte. Unzufrieden kicke ich einen Erdklumpen vor mir her.

»Lass nicht gleich den Kopf hängen, Hopper. Vielleicht weiß ich ja trotzdem etwas …«

»Echt? Mach's nicht so spannend!«

»Tja, weißt du, leider kann ich es dir nicht sagen …«

»Wieso nicht?«

»Weil ich die ganze Zeit an Gurkenstückchen denken muss. Grün, lecker und saftig. Darüber habe ich alles andere vergessen.«

»Das ist Erpressung, außerdem habe ich gerade gar keine Gurke mehr.«

»Das weiß ich, aber du könntest mir doch morgen ein Stückchen aufheben, sagen wir mal die Hälfte.«

»Du willst mich bis morgen schmoren lassen?« Ich bin enttäuscht. Wusste gar nicht, wie herzlos Kira sein kann.

»Aber nein, wenn ich sicher wüsste, dass ich morgen ein Gürkchen kriege, dann würde mir bestimmt alles wieder einfallen.«

»Und wenn ich dir deine Belohnung dann nicht mehr gebe?« Ich kann es mir einfach nicht verkneifen, sie wegen ihrer Unverfrorenheit ein wenig hochzunehmen.

Kira kommt mit ihrem weichen Maul ganz nah an meines heran. »Ich weiß, dass du ein Pony von Ehre bist, Hopper. Du würdest mir meinen Wunsch doch auch erfüllen, wenn ich dich einfach so darum bitten würde, oder?«

»Stimmt. Warum hast du mich eigentlich nicht schon früher mal danach gefragt?«

»Ich dachte, du kommst von selbst drauf.«

Typisch Pferdemädchen. Kira dreht mir ihr Hinterteil zu und tut so, als ob sie mich keines Blickes mehr würdigen würde.

»Komm schon, Kira, du kriegst von nun an öfter was ab. Aber jetzt rück bitte damit raus, was du weißt.«

Blitzschnell dreht sie sich wieder um und flüstert in mein Ohr. Vermutlich hätte sie die Neuigkeiten so oder so keine Minute länger für sich behalten können. »Kennst du Metzgermeister Wutig?«

»Klar kenn ich ihn, grauenvoller Kerl. Dass Tante Jo den überhaupt hier erträgt.« Metzgermeister Wutig ist ein dicker Mann, der stets mit zornrotem Gesicht über den Hof trampelt. Dabei schwingt er seine Gerte und macht uns

Pferden richtig Angst. Sogar Sporen benutzt er. So richtig fiese mit Dornen dran. Die gehören wirklich verboten, aber mich fragt leider keiner. Bine hat ihn mal angesprochen und er hat nur gemeint: »Weißt du, Kleine, ein Pferdchen muss man ordentlich weichklopfen. Das wirst du auch noch lernen.«

Kein Wunder, dass ein Metzger das so sieht. Als ob wir bloß Pferdefleisch wären. Seine Stute kann einem richtig leidtun. Sie muss so einen Klops tragen und wird dazu noch misshandelt.

»Hast du seine Stute in letzter Zeit mal gesehen?«, unterbricht Kira meine Gedanken. Ich schüttle den Kopf.

»Dann solltest du das schleunigst nachholen. Sie geht nämlich ganz schön in die Breite, die Gute!«

Metzgermeister Wutig

»Was ihr Mädchen immer mit eurer Figur habt«, stänkere ich, weil ich nicht zugeben will, wie gut der Tipp von Kira ist.

Am liebsten würde ich sofort nachsehen, was es mit dem Bauch von Wutigs Stute auf sich hat. Nur leider ist es inzwischen beinahe dunkel, sodass mir auch der schärfste Blick über den Zaun auf die Nachbarweide nichts nützt.

Nachdem ich keine Lust zu einem gewagten Sprung über Holzstangen habe, muss ich mich leider bis morgen gedulden. Ein guter Detektiv bleibt, so lange es geht, in Deckung. Wie sollte ich mein plötzliches Interesse an den

Privatpferden erklären, noch dazu mitten in der Nacht? Doch es lässt mir keine Ruhe.

Zum allerersten Mal, seit ich auf Apfelbaum bin, schlafe ich schlecht. Habe sogar Albträume: Ein Metzger mit einem großen Hackebeil schleicht sich von hinten an ein Pferdchen heran, das seelenruhig Onkel Ottos Äpfel direkt aus den Holzkisten frisst. Merkt die Kleine denn gar nicht, in welcher Gefahr sie schwebt? Ich will laut wiehern, aber leider steckt eine ganze Ladung Gurkensandwiches in meinem Maul und es kommt nur ein klägliches »Pfff« heraus.

Schweißnass wache ich auf, bevor der gemeine Beilschwinger sein Werk vollenden kann. Der Morgen dämmert schon und taucht alles in ein sanftes, rötliches Licht. Zum Glück war das nur ein Traum. Wer sagt allerdings, dass kein Körnchen Wahrheit in meiner Vorahnung steckt? Ein Metzgermeister im Pferdestall – das hört sich doch wirklich verdächtig an. Und wenn

Kira recht hat und Wutig seine Stute tatsächlich mästet? Ich muss nachsehen. Gleich, sofort und augenblicklich!

Nervös tipple ich aus dem Unterstand. Auch auf der anderen Seite des Zauns wird noch geschlummert. In einem Grüppchen zusammengedrängt, stehen die Tiere der Privatbesitzer in einiger Entfernung da. Keine Chance, eine überfütterte Stute zu erkennen. Ich schleiche zum Gatter und versuche, den Kippriegel nach oben schnalzen zu lassen. Normalerweise ein Kinderspiel für mich. Aber heute bin ich so müde und angespannt, dass der Metallbolzen einfach nicht nachgeben will. Ich knirsche ungeduldig mit den Zähnen und versuche mich zu konzentrieren.

Endlich geschafft! Schnell schlüpfe ich hinaus und hangle mit dem Kopf nach dem schwingenden Gatter, um es notdürftig wieder anzulehnen. Meine Freunde sollen besser nicht gleich merken, dass sie nicht mehr eingesperrt sind. Das gäbe nur neuen Ärger mit Tante Jo. Als ob ich bloß auf die Gänseblümchen am Wegesrand aus wäre, fresse ich mich an der Nachbarkoppel entlang, die Augen angestrengt auf das Pferdegrüppchen gerichtet.

Da ist sie! Wie Kira gesagt hat, ziemlich breite Hüften und ein Kugelbauch. Der Beweis! Wenn ich das Bine beibringen kann, bin ich gerettet. Vielleicht wirft Tante Jo dann den Metz-

ger vom Hof und wir müssen nicht mehr vor ihm zittern. Seine Stute darf natürlich bleiben. So eine hübsche Fuchsdame darf auf keinen Fall als Wurst enden!

War ja klar, wenn man ungeduldigst auf sie wartet, dann lässt sich meine liebe Freundin Zeit. Deutschschulaufgabe. Als ob es nichts Wichtigeres gäbe! Ich stehe mitten auf dem Hof und vertreibe mit meinem Schweif die Fliegen, die sich ständig auf meinen Flanken niederlassen wollen. Lästige Viecher! Wer die wohl erfunden hat? Ich würde gerne ein paar sammeln und sie Metzger Wutig zum Abschied schenken. Dann könnten sie in Zukunft ihm auf die Pelle rücken. Bedauerlicherweise ist Fliegenfangen selbst für mich zu schwierig.

In meine Überlegungen platzt Bine. Mit wehender Jacke radelt sie um die Ecke. Sie strahlt von einem Ohr zum anderen.

»Mein Aufsatz wird bestimmt eine Eins!«, begrüßt sie mich.

An anderen Tagen wäre ich begeistert. Doch heute brauche ich eine Assistentin mit Köpfchen und keine Musterschülerin!

Bine merkt, dass ich nicht bei der Sache bin. »Du willst wohl lieber ein bisschen Bewegung und keine langweiligen Schulgeschichten?«

Mein Kopfnicken ist eindeutig.

Mir kommt es wie eine weitere Ewigkeit vor, bis sie mich geputzt, gesattelt und aufgetrenst hat. In dem Moment, als wir aufbrechen wollen, rückt Tante Jo an.

»Solltet ihr beiden nicht mal wieder in der Halle arbeiten? Du gewöhnst dir noch einen schlampigen Sitz an. Und Hopper schadet ein bisschen Training auch nicht. Vielleicht lässt er dann den Unsinn, das Gatter zu öffnen und schon wieder heimlich Futter zu stibitzen.«

In mir steigt echte Panik hoch. In der Halle kann ich Bine doch meine Entdeckung nicht zeigen! Tante Jo kommt grundsätzlich im ungünstigsten Augenblick. Und ihre Vorschläge waren auch schon mal besser!

»Du kannst uns für morgen zum Unterricht eintragen. Aber heute haben wir schon was vor, Hopper und ich!«

Ich atme auf. Bine ist eben doch die Beste! Sie lässt mich sogar locker am Zügel gehen, sodass ich ungehindert den Weg zu den Weiden einschlagen kann.

Sie neckt mich zwar: »Wir werden jetzt aber nicht grasen, Hopper. Das kommt später.« Ist mir aber egal, denn sie wird gleich verstehen, was ich hier will.

An der hinteren Wiese halte ich an. Bine treibt mich energisch mit dem Schenkel.

»Nicht stehen bleiben. Ich hab doch gesagt, Pause gibt es später. Ich dachte, du wolltest unbedingt ausreiten.«

Oh Mann, warum sind Menschen so schwer von Begriff? Mach doch einfach die Augen auf, würde ich ihr gerne sagen. Stattdessen mache ich die Augen auf. Weit auf. Ich sehe nichts. Das heißt, natürlich sehe ich was. Bäume, Gras, Himmel. Sogar ein paar Pferde. Nur Wutigs Stute ist nicht darunter. Kein Stückchen von ihr. Ich kann mich bemühen, wie ich will.

Schreck lass nach! Hat er sie etwa schon genug gefüttert? Sie bereits abgeholt, um seine dunklen Pläne zu verwirklichen? Fieberhaft denke ich nach. Ich war den ganzen Tag hier oder auf dem Hof. Ein Pferdetransporter hätte mir auffallen müssen. So ein riesiger Hänger macht Lärm. Der mogelt sich nicht einfach so hin und wieder weg. Vorsichtshalber muss ich nachher Kira fragen.

Der Rest unseres Ausflugs macht mir keine Freude mehr. Willenlos lasse ich mich von Bine lenken, wohin sie möchte. Ich mache mir schreckliche Sorgen um die junge Stute. Einem guten Ponydetektiv darf es nicht passieren, dass er die Spur eines unschuldigen Opfers verliert, schimpfe ich mit mir selbst.

Kira hat auch nichts von einem Pferdehänger bemerkt. Deshalb schöpfe ich wieder Hoffnung. Vielleicht ist die Stute ja doch noch auf dem Hof? Nur wo? Ich muss sie unbedingt finden. Sie kann sich nicht in Luft aufgelöst haben.

Plötzlich kommt mir eine Idee. Wenn man das Opfer schon nicht mehr findet, dann muss man eben den Täter beschatten! Ich weiche Metzgermeister Wutig sonst zwar aus, aber was sein muss, muss sein. Der kommt mir nicht davon!

Hilfe in letzter Sekunde

Ich kontrolliere noch einmal die Weide. Fehlanzeige. Niemand hat die Stute gesehen, seit Tante Jo sie am Vormittag geholt hat. Wenigstens war es Tante Jo und nicht Wutig. Das lässt hoffen. Bei einer krummen Tour würde sie nie im Leben mitspielen.

Und hat sie mir nicht vorhin vorgehalten, erneut in der Futterkammer gewesen zu sein? Das heißt doch, dass schon wieder etwas weggekommen ist. Dann muss Wutigs Stute noch auf dem Hof sein. Wem sollte er sonst das geklaute Futter gebracht haben? Deshalb mache ich mich auf die Hufe zum Stall. Über jede Boxentür schaue ich, aber weder von Wutig noch von seiner Stute der Hauch einer Spur. Es ist zum Mähneausraufen. Sie kann sich doch nicht in Luft aufgelöst haben!

Als ich gerade aufgeben will, höre ich zwei Männerstimmen auf mich zukommen. Das ist doch ...

Schnell verdrücke ich mich in eine offene Box und linse hinaus. Ich habe mich nicht getäuscht. Bauer Haferkorn karrt einen Berg Strohballen an und neben ihm – Metzgermeister Wutig. Haferkorn schnauft angestrengt und meint: »Elend viel Arbeit, eure Viecher!«

»Aber es lohnt sich!«, lacht Wutig dröhnend.

»Wenn du meinst. Mir sind meine Kühe lieber. Pferde sind reine Zeitverschwendung, wenn du mich fragst. Versuche ich meiner Tochter auch ständig klarzumachen.«

Ich beobachte, wie die beiden das Stroh neben der Futterkammer abladen.

»Ach, lass Paula doch, die lernt es noch früh genug«, wirft Wutig ein.

Haferkorn stampft wütend mit dem Fuß auf. »Nee, nee, die hat nur Flausen im Kopf. Und ihre Großmutter unterstützt sie auch noch dabei. Du weißt doch, was sie der Kleinen zum Geburtstag geschenkt hat. So was – auf meinem Hof!«

Zu gerne hätte ich von dem Geschenk erfahren. Leider sind die beiden fertig mit Abladen und verlassen den Stall, bevor ich mehr hören kann. Für Ermittlungen aus reiner Neugier ist außerdem keine Zeit. Der Metzgermeister hat zugegeben, dass Pferde sich »lohnen«. Kann ich mir vorstellen, wenn man uns noch dazu mit fremdem Futter mästet.

Schade, dass Bine das nicht gehört hat. Es bleibt also wieder alles an mir hängen. Eilig trabe ich aus dem Stall. Zu spät. Wutig hat bereits auf dem Traktor Platz genommen und

Haferkorn lässt knatternd den Motor an. Gemeinsam tuckern sie vom Hof.

Verflixt und zugenäht! Ein Detektiv hat es wahrlich nicht leicht. Was soll ich denn machen, wenn mein Hauptverdächtiger so mir nichts, dir nichts abhaut? Dem Traktor hinterherzugaloppieren wäre zu offensichtlich. Oder haben sie die Stute etwa auf Haferkorns Hof gebracht? Eher nicht, so wenig, wie der Bauer von Pferden hält.

Ratlos kreise ich im Innenhof. Da bleibt mein Blick an einem kleinen Gebäude hängen – unser Heuschober. Ich will schon achtlos daran vorbeilaufen, als ich stutze.

Merkwürdig. Ein Heuschober ist doch dazu da, um Heu und Stroh darin aufzubewahren. Warum stapelt sich dann unser Stroh seit Neuestem vor der Futterkammer? Das habe ich bei meiner ersten Besichtigung nicht weiter beachtet, aber jetzt fällt es mir wie Schuppen von den Augen. Glasklar, der Heuschober wurde in ein Gefängnis umgewandelt. Ein Gefängnis für Wutigs Stute!

Ob Tante Jo davon weiß? Fenster gibt es keine und an der Tür baumelt ein dickes Vorhängeschloss. Keine Chance für einen Ponydetektiv.

»Hallo, hallo, bist du da drin?«, rufe ich.

Von drinnen höre ich nur ein gepresstes Stöhnen.

»Bist du Metzgermeister Wutigs Stute? Antworte doch, ich bin's, Hopper! Ich will dir helfen.«

Das schmerzverzerrteste Wiehern, das ich jemals gehört habe, kommt aus dem Schuppen. »Hol Hilfe, bitte schnell, es geht los!«

Was auch immer der Metzger da drin mit dem armen Pferd veranstaltet, es muss ein Ende haben. Jetzt zählt jede Sekunde! Bine ist bei ihren Eltern zum Abendessen. Ohne weiter nachzudenken rase ich zu Tante Jos Haus.

Ich trommle mit den Hufen gegen die Haustür. Die Tür wird aufgerissen und Tante Jo starrt mich ungläubig an.

»Hopper, was zum ...«

Ich warte gar nicht erst ab, bis sie zu Ende gesprochen hat, sondern packe sie mit den Zähnen am Ärmel. Sie begreift zum Glück schneller, als ich befürchtet habe, und läuft hinter mir her zum Schober.

Inzwischen hört man das ängstliche Wiehern schon von Weitem. Tante Jo reißt ihr Handy aus der Tasche und wählt eine Nummer. »Gut Apfelbaum hier. Sie müssen sofort kommen, es ist so weit!«, brüllt sie in den Hörer.

Dann sperrt sie das Schloss auf. Mit durchdringendem Blick sieht sie mich an. »Du bleibst draußen, Hopper!«, bestimmt sie und schlägt mir die Tür vor der Nase zu.

Das kann nicht ihr Ernst sein! Trotzdem füge ich mich, denn ich weiß genau, wann man Tante Jo besser nicht in die Quere kommt.

Zur Sicherheit stehe ich vor dem Heuschober Schmiere. Wutig oder andere Bösewichte kommen hier nur über meine Leiche rein. Wenig später hält ein Auto mit quietschenden Reifen fast direkt neben mir. Der Fahrer kommt mir bekannt vor. Es ist nicht Wutig oder Haferkorn, sondern Dr. Gründlich, unser Tierarzt. Ich erkenne ihn sofort, weil er vor einiger Zeit einen Spreißel aus meinem rechten Vorderhuf gezogen hat. Der hatte mir beim Laufen richtig wehgetan. Danach war alles wieder gut. Deshalb mag ich unseren Doktor. Bestimmt kann er auch der Stute helfen.

Mit seiner großen Tasche stürmt er an mir vorbei. Egal was Tante Jo angeordnet hat, ich will es jetzt ganz genau wissen! Als Retter habe ich doch wohl einen Anspruch darauf, oder? Netterweise hat der Arzt die Schuppentür in der Eile einen Spalt offen gelassen.

So leise wie möglich schiebe ich meinen Kopf hinein. Meine Augen müssen sich erst an das schummrigere Licht gewöhnen, doch dann sehe ich es deutlich: In der Ecke liegt die Stute auf der Seite. Sie stöhnt laut und ihr Körper wird ordentlich durchgeschüttelt. Tante Jo und Dr. Gründlich reden beruhigend auf die Stute ein, scheinen aber ganz zufrieden mit ihrer Patientin zu sein. Kein Wunder, denn da kommen schon zwei dünne Beinchen aus dem Hinterteil der Stute. Und mir wird plötzlich einiges klar. So ist das also! Wutigs Stute wurde nicht überfüttert und sie ist auch nicht krank, sondern – sie bekommt ein Fohlen.

Keine Ahnung, wie lang ich andächtig dabei zugesehen habe, wie sich der kleine Körper immer weiter aus der Stute herausschiebt. Schließlich landet das verklebte Pferdebaby direkt neben seiner Mutter im Stroh. Es ist noch viel, viel kleiner als ich und ziemlich hilflos. Ich stehe ganz still und halte beinahe den Atem an, bis die Tür hinter mir auf einmal er-

neut geöffnet wird. Beinahe lautlos und überhaupt nicht so grob, wie es sonst seine Art ist, tritt Wutig neben mich. Als er das Fohlen entdeckt, sehe ich ihn zum allerersten Mal lächeln. Kaum zu glauben, sogar in so einem Brocken steckt ein weicher Kern.

Leider dreht sich in dem Augenblick Tante Jo um und entdeckt nicht nur Wutig, sondern auch mich. Energisch packt sie mich an der Mähne und treibt mich hinaus.

»Hilfe zu holen war wirklich prima von dir, Hopper. Aber jetzt brauchen Stute und Fohlen Ruhe, verstanden?«

Wie benommen blinzele ich in den Sonnenuntergang. So etwas Wunderbares habe ich noch nie erlebt.

Auf der Lauer

Unser erstes Fohlen auf Gut Apfelbaum wird groß gefeiert. Jeder, egal ob Mensch oder Pferd, ist völlig aus dem Häuschen. Ich bin der große Held, weil ich bei der Geburt dabei war. Immer wieder muss ich alles haarklein schildern.

»Geburtshelfer – das ist eine ganz neue Seite an dir«, sagt Bine und umarmt mich liebevoll.

Nur Kira ist auffällig wortkarg und ein wenig beleidigt.

Daran bin ich nicht unschuldig, denn ich necke sie, wo ich nur kann. »Du dachtest also, Wutigs Stute ginge vom vielen Futter in die Breite.«

»Du hast es auch nicht erkannt«, mault sie.

»Aber du bist eine Stute. Solltest du nicht einen Blick für so was haben?«

Kira hält dagegen: »Ich war eben noch nie trächtig.«

»Man muss nicht alles selbst erlebt haben.«

»Lass mich in Ruhe. Das habe ich jetzt davon, dass ich dir helfen wollte. Beim nächsten Mal ermittle besser bei jemand anderem!«

Das erinnert mich schmerzlich daran, dass ich in meinem Fall noch keinen Schritt weiter bin. Tante Jo ist zwar inzwischen sehr viel besser auf mich zu sprechen. Aber das kann sich schnell wieder ändern. Zumal ich von Bine erfahren habe, dass weiterhin Futter fehlt.

Ich muss härtere Maßnahmen ergreifen. Was würden meine berühmten Kollegen tun, wenn von dem Dieb jede Spur fehlt? Logisch – Überwachung des Tatorts! Ein Verbrecher kehrt bekanntlich immer zum Ort seines Vergehens zurück.

Wie praktisch, dass vor der Futterkammer immer noch die Strohballen liegen, weil der Heuschober noch eine Weile als Kinderstube gebraucht wird. Dahinter kann ich mich prima verstecken. Blöd ist nur, dass ich von dort aus nichts sehen kann. Ich höre zwar, wenn jemand kommt und in den Futtersäcken wühlt. Aber woher soll ich wissen, wer es ist? Es bleibt mir nichts anderes übrig, als um die Ecke zu lugen.

Gefährlich, denn meistens ist es Tante Jo. Von ihr will ich lieber nicht überrascht werden. Sie würde sofort denken, dass ich auf der Lauer liege, um mich selbst zu bedienen. Nachdem ich ihr ein paarmal um Haaresbreite entkommen bin, habe ich gelernt, ihre Schritte schon von Weitem zu erkennen. Bines Gang kenne ich natürlich in- und auswendig. Bei den anderen jungen Pflegehelferinnen ist es schon schwieriger, sie auseinanderzuhalten.

Einmal bin ich mir fast sicher, dass Yvonne lustlos die Stallgasse entlangschlendert. Aber stattdessen ist es Paula, die ziemlich müde eine Ladung mit Pferdemist wegschafft. Ein anderes Mal erwarte ich Sandras rotblonde Locken, als ich meinen Kontrollblick in die Kammer werfe. Doch das schlaksige Mädchen, das mit dem Besen bewaffnet herauskommt, habe ich erst einmal gesehen. Ihren Namen kenne ich noch nicht, denn sie ist neu auf dem Hof. Zu neu, um überhaupt als Diebin infrage zu kommen.

Ich erinnere mich an ein Theaterstück, das ich einmal mit meinem Lord gesehen habe. Der Kommissar sollte ein Haus überwachen, ohne erkannt zu werden. Er hat sich kurzerhand eine Zeitung geschnappt und so getan, als würde er gemütlich lesen. Damit er trotzdem alles im Blick hatte, bohrte er ein winziges Loch in die Zeitung. Exakt in die Mitte des großen Schlagzeilen-O, weil es dort nicht auffiel.

Hervorragende Taktik! Ich knabbere eine Öffnung zwischen zwei Strohballen. Gerade so viel, dass ich hindurchspitzen kann, es aber von der anderen Seite nicht zu bemerken ist.

Meine anfängliche Freude über diese gelungene Tarnung verwandelt sich bald in gähnende Langweile. Den ganzen Tag verbringe ich hinter meinem Strohwall und nichts passiert. Wer hätte gedacht, dass die Arbeit eines Detektivs so unglaublich öd ist? Lieber hätte ich mit Bine stundenlang Dressurfiguren in der Halle geübt, als mir hier die Beine in den Bauch zu stehen. Das wird mir dieser Gauner büßen, wenn ich ihn jemals erwischen sollte!

Davon bin ich allerdings weit entfernt, denn alle, die in die Futterkammer kommen, tragen die Vorräte ganz offen davon. Niemand scheint Heimlichkeiten zu haben.

Mit einem Mal wird mir klar, wo mein Fehler liegt. Der Futterdieb wird nicht tagsüber klauen, wenn er jederzeit auffliegen kann. Das wäre ganz schön dumm. Es muss sich längst zu ihm herumgesprochen haben, dass Tante Jo die Diebstähle bemerkt hat. Der ausgebuffte Kerl taucht sicher erst abends auf, wenn alle beim Essen sitzen, oder in der Nacht, wenn alle selig und süß schlafen. Deshalb hat ihn bisher noch niemand erwischt. Da hat er aber nicht mit mir gerechnet. Ich werde ihm die Suppe versalzen.

Sobald auf dem Hof Ruhe eingekehrt ist, bin ich wieder auf meinem Posten. Puh, das ist noch schlimmer als tagsüber. Nachdem Tante Jo ihren letzten Rundgang gemacht hat, passiert stundenlang nichts. Gar nichts. Überhaupt nichts. Sogar die lästigen Fliegen schlafen.

Ich fange an zu begreifen, warum der Kommissar sich hinter einer Zeitung verschanzt hat. Der konnte wenigstens etwas lesen. Und ich werde mit einem Mal soooo müde. Zur Probe mache ich kurz das rechte Auge zu. Dann das linke. Oje, wenn ich nicht aufpasse, dann schlafe ich ein. Ich muss mich dringend ablenken. Zuerst erinnere ich mich an Bines Matheaufgaben. Wie war das noch gleich mit dem Einmaleins? 1 mal 1 = 1, 1 mal 2 = 2, 1 mal 3 = 3, 1 mal 4 = 4, 1 mal 5 = 5, 1 mal 6 = 6, 1 mal 7 = 7, 1 mal 8 = … Schon wieder fallen mir die Lider zu. Fix was anderes: Gedichte mochte ich immer sehr. Mir will bloß kein einziges einfallen. Also reime ich selbst:

Ein Pony steht hinterm Stroh,
es ist dort gar nicht froh.
Lieber hätte es seine Ruh
und machte endlich die Augen zu …

Es ist stockfinster, als mich ein Rascheln zusammenzucken lässt. Ich muss wohl tatsächlich eine winzige Minute eingeschlummert sein. Ein Fehler, der einem großen Detektiv eigentlich nicht passieren darf.

Aufmerksam spähe ich durch mein Guckloch. Nichts zu sehen. Das heißt – ich kann nichts sehen. Es ist nämlich zu dunkel im Stall. Schöner Mist! Ich hätte schwören können, dass jemand da ist. Oder war es nur eine Maus? Nein, da knistert es schon wieder. Ich bin schrecklich aufgeregt, meine Schläfrigkeit ist wie weggeblasen.

Was soll ich jetzt unternehmen? Sobald ich mich bewege, könnte der Schurke mich ebenfalls hören und weglaufen. Wenn ich weiter hier

wie eine Salzsäule verharre, dann ist er über alle Berge, bevor ich weiß, wer er ist. Langsam, wie in Zeitlupe drehe ich meinen Kopf und versuche, mich gleichzeitig so weit zur Seite zu lehnen, dass ich neben den Ballen vorbeischauen kann.

Ein unruhiger Lichtschein flackert durch den Stall auf den Ausgang zu. Eine Taschenlampe! Ich warte noch einen kleinen Moment, bis der Lichtkegel durch die Tür geschlüpft ist, dann spurte ich los.

Strohmann mit Mütze

Behutsam stemme ich das Stalltor auf und versuche, den Schurken im Hof auszumachen. Da hinten! Im Mondlicht kann ich einen Schatten huschen sehen. Was fummelt er denn da hektisch an der Hausmauer rum? Bevor ich es richtig erkennen kann, schwingt sich der Kerl auf ein Fahrrad und braust in Richtung Felder davon. Ha, du Schuft, das wird dir nichts nützen! Mit einem lumpigen Drahtesel nimmt es Ponydetektiv Hopper allemal auf!

Am Anfang ist es nicht sehr schwierig, dem Gefährt zu folgen. Es geht die Apfelbaumallee entlang, die mir genug Deckung bietet.

Ich haste von Stamm zu Stamm und bemühe mich, so wenig wie möglich mit den Hufen zu klappern. Wie gut, dass der Wind in den Baumkronen rauscht. Das verschluckt fast jedes Geräusch. Doch dann biegt der Radler in einen Feldweg ein. Weit und breit nicht einmal ein Strauch, hinter dem ich mich verbergen könnte.

Ich zögere. Wenn der Dieb sich jetzt umdreht, dann sieht er meinen Schatten genauso deutlich wie ich seinen. Zu blöd, dass ich immer noch nicht erkennen kann, wer da tief über das Lenkrad gebeugt auf dem Rad hockt.

Meine Rettung steht mitten auf dem Acker. Eine Vogelscheuche wiegt bei jedem Lufthauch hin und her. Ob ich es bis dahin schaffe? Dann hätte ich einen prima Überblick und könnte in Ruhe abwarten, wohin die Jagd weitergeht. Volles Risiko! Mit fünf Sprüngen lande ich hinter dem Strohmann. Hui, das war knapp. Das Fahrrad biegt scharf nach rechts ab. Aus

dem Augenwinkel könnte mich der Strolch jetzt leicht bemerken. Ich mache mich ganz dünn hinter meiner Puppe. Sie trägt lange, weite Hosen, ein flatterndes Hemd und eine lässige Schiebermütze auf dem Strohkopf. Eine waschechte Detektivkappe. Die würde mir bestimmt gut stehen. Viel besser als dem stummen Vogelvertreiber.

Ich vergesse alle Vorsicht und schnappe nach der Mütze. Sie passt wie angegossen. Mit der Ausstattung haben Verbrecher keine Chance mehr. Apropos Verbrecher ...

Erschrocken hastet mein Blick zurück zum Feldweg. Gähnende Leere. Das ist doch zum Eierlegen! Da schaut man nur eine Sekunde weg und schon verduftet der dreimal verfluchte Kerl! Das darf einfach nicht wahr sein. Am liebsten würde ich mich mitten auf die Wiese setzen und vor Wut und Verzweiflung losheulen. Natürlich weiß ich, dass ich ganz allein schuld bin. Ich und niemand sonst. Energisch stampfe ich mit dem Huf auf. Aufgeben gilt nicht!

Als Erstes trabe ich zu der Stelle, an der ich den Radfahrer zuletzt gesehen habe. Ich beuge den Kopf weit nach unten, bis ich mit der Nase fast den Boden berühre. Noch ein ganzes Stück weit drückt sich die Fahrradspur in der weichen Erde ab. Doch dann verläuft sie sich am Waldrand. Der Dieb muss also irgendwo hier ins Dickicht eingedrungen sein. Unter den Bäumen hilft mir der Mond mit seinem milchigen Licht kaum weiter. Aber entweder muss es einen Weg geben oder er ist abgestiegen und hat sein Rad geschoben, denn anders ist hier kein Durchkommen.

Ich suche Zentimeter für Zentimeter nach abgeknickten Ästen oder platt getrampeltem Unterholz ab. Endlich, da ist der Durchschlupf! Breit genug für einen kleinen Menschen, leider zu schmal für ein kugelrundes Pony. Ich ziehe den Bauch ein und ducke mich. Trotzdem knallen mir einige Zweige ins Gesicht und hinterlassen ein paar schmerzhafte Kratzer an meinen Flanken. Unsicher mache ich ein paar Tapser in die Dunkelheit. Unmöglich, im Wald jemanden aufzuspüren. Der Schurke könnte theoretisch hinter jedem Baum hocken und sich ins Fäustchen lachen. Aber ich habe wirklich überhaupt keine Lust, mich morgen Nacht wieder auf die Lauer zu legen und von vorne anzufangen.

Deshalb taste ich mich entschlossen weiter voran. Da gibt etwas mit einem schmatzenden Laut unter meinem linken Hinterhuf nach. Ich schnuppere. Der süßliche Geruch, der mir in die Nase steigt, kommt mir sehr bekannt vor: ein Apfel! Von den Nadelbäumen kann der kaum heruntergefallen sein. Den muss der Räuber verloren haben. Na also, ich bin noch auf der richtigen Fährte. Beruhigt und viel mutiger gehe ich weiter.

Meine Ausdauer wird belohnt. Ganz plötzlich erscheint vor mir eine kleine Lichtung mit einem verwahrlosten Bretterverschlag. An der Holzwand lehnt – ein Fahrrad. Bingo, hier bin ich richtig. Wahrscheinlich gehörte die Hütte eigentlich dem Förster, bevor sie zur Räuberhöhle wurde. Die Fenster sind mit Brettern vernagelt. Zu gerne hätte ich einen Blick in das Häuschen geworfen. Aber es heißt einen kühlen Kopf bewahren. Nicht auszudenken, was der Bandit mit mir anstellt, wenn ich ihn jetzt überrasche. Am Ende hat er sogar einen Komplizen und ich bin geliefert. Sie sperren mich ein und erst nach Jahren wird man durch Zufall mein Gerippe finden.

Ein eiskalter Schauer läuft mir über den Rücken. Ohne Zeugen glaubt mir die Geschichte

ohnehin keiner. Ich brauche dringend Bines Unterstützung. Jetzt gilt es vor allem zu vermeiden, dass die Diebe unnötig vorgewarnt werden. Besser, ich verschanze mich hinter dem Haus und warte ab. Irgendwann müssen die Gauner ja wieder herauskommen.

Das passiert schneller, als ich erwartet habe. Der Dieb greift sich das Fahrrad und schiebt es über die Lichtung auf den Wald zu. Die Kapuze seiner Jacke hat er nach wie vor so tief ins Gesicht gezogen, dass ich ihn nicht erkennen kann. So ein Mist!

»Aber morgen lege ich dir endgültig das dunkle Handwerk«, rufe ich dem Futterdieb stumm hinterher.

Bin gespannt, was Bine dazu sagen wird.

Das Geheimnis im Wald

In der Früh bringe ich kaum die Augen auf. Was für eine Nacht! Ich fühle mich wie gerädert. Andererseits bin ich auch mächtig aufgeregt. Ich stehe kurz davor, meinen ersten Fall abzuschließen. Nur ein klitzekleines Hindernis muss ich noch überwinden: Wie bringe ich Bine zu der Hütte? Müde wie ich bin, will mir nichts Schlaues einfallen.

»Hast du heute einen miesen Tag?«, fragt Kira.

»Schlecht geschlafen«, antworte ich knapp, weil meine neugierige Ponyfreundin nicht alles wissen muss. »Hat aber nichts mit dir zu tun«, füge ich schnell hinzu. Ich bin viel zu froh, dass sie nach der Fohlensache wieder normal mit mir redet, deshalb will ich ihr die Laune nicht verderben.

»Und wo hast du diesen Hut her?« Kira gibt nicht so schnell auf.

»Gefunden«, sage ich.

Den ganzen Vormittag döse ich vor mich hin und lasse mich auch nicht zu den üblichen Wettrennen bewegen. Kurz vor dem Mittagessen kommt mir die rettende Idee. Von da an kann ich es kaum noch abwarten, bis Bine eintrudelt. Kaum hat sie den Hof betreten, fange ich an zu drängeln. Keine Zeit zum Putzen oder Schmusen!

Bine kapiert zuerst gar nichts.

»Was ist denn los? Wo willst du denn mit mir hin?«

Zumindest scheint sie zu verstehen, dass es mir wichtig ist. Sie lässt sich in meine gewünschte Richtung bugsieren, ohne sich dagegenzustemmen. Direkt vor der Aufstieghilfe bleibe ich stehen. Dieser kleine Treppenschemel soll vor allem den Reitern helfen, die auf die richtig hohen Rösser steigen wollen. Ein paar von denen sind so ungelenkig, dass sie es sonst gar nicht schaffen würden, sich auf den Rücken ihrer Tiere zu schwingen. Ich vollführe eine kleine Verbeugung, wie ich sie von meinem Lord gelernt habe. Zuerst guckt Bine etwas verwirrt, doch dann geht bei ihr eine Glühbirne an.

»Ich soll aufsteigen?«, fragt sie.

Ich nicke heftig mit dem Kopf und stelle mich neben den Tritt. Wenig später schlingt sie die Hände um meinen Hals und es kann losgehen. Sattel und Zaumzeug brauchen wir nicht. Bine ist schlau genug, mir die Führung zu überlassen. Bis zum Waldrand ist es gar kein Problem. Dann wird es wieder kniffliger. Ob Bine begreift, dass sie absteigen und mir anschließend in das Gestrüpp folgen soll?

Ich bleibe einfach beharrlich stehen, bis Bine von meinem Rücken rutscht. Kluges Mädchen. Zärtlich schnaube ich ihr zu, bevor ich mich auf den schmerzhaften Weg quer durch die Hecken mache.

»Autsch«, ruft Bine, als sie ebenfalls einen Zweig abbekommt.

Ohne weitere Zwischenfälle gelangen wir zu der Lichtung. Bei Tag sieht alles viel freundlicher und weniger bedrohlich aus.

»Oh, du hast ein Geheimversteck für uns gefunden!«, ruft Bine und stürmt auf die Hütte zu. Das Fahrrad steht zum Glück nicht da, sodass ich sie nicht aufhalten muss. Trotzdem bin ich enttäuscht. Hat Bine denn unseren Auftrag vergessen? Geheimversteck, schön und gut. Aber doch nicht für uns! Ärgerlich stampfe ich mit einem Bein auf. Bine hält inne.

»Was hast du denn plötzlich?«

Ich wackle so heftig mit dem Kopf, dass

meine Mütze ins Rutschen gerät. Bine hebt sie auf und dreht sie in den Händen.

»Das ist ja eine richtige Detektivkappe, Hopper. Heißt das etwa, dass du das Lager unseres Diebes aufgestöbert hast?«

Endlich ist der Groschen gefallen. Zustimmend nicke ich ihr zu. Bine bleibt ängstlich stehen.

»Dann müssen wir aber dringend Hilfe holen!«

Na, super! Schwer von Begriff und ein Angsthase obendrein! Da habe ich mir ja eine schöne Assistentin angelacht. Kneifen gilt nicht, Dr. Bine! Wenn man nicht alles selbst macht … Forsch schreite ich auf die Hütte zu. Bine folgt mir zögernd.

Die Tür ist abgeschlossen. Daran habe ich nicht gedacht. Verzweifelt blicke ich mich zu Bine um. Sie legt die Stirn in Falten und denkt laut nach: »Sieht aus wie eine Notunterkunft. Davon hat Tante Jo mal erzählt. In so was sollen Wanderer Unterschlupf finden können, wenn sie versehentlich in ein Gewitter geraten. Das ist im Wald nämlich ganz schön gefährlich. Deshalb haben mir meine Eltern schon oft eingeschärft, dass ich mich, wenn es blitzt, auf keinen Fall unter einem Baum verstecken darf. Das heißt aber, dass es hier irgendwo einen Zweitschlüssel geben muss; wie kämen die Wanderer sonst rein?«

Sie wirft einen Blick unter den verrotteten Fußabstreifer, dreht ein paar alte Blumentöpfe um: Das bringt alles nichts, außer schmutzige Finger. Ratlos dreht sie sich einmal um die eigene Achse.

»Oh, jetzt weiß ich's!«

Vorsichtig tastet sie sich am Türrahmen entlang. Pling – etwas Metallenes fällt zu Boden.

Bine strahlt: »Wer sagt's denn, da ist er ja!«

Damit hat sie doch noch bewiesen, dass ich mir die richtige Helferin ausgesucht habe.

Sie steckt den Schlüssel ins Schloss und wir spähen ins Innere. Was wir dort zu sehen oder besser gesagt zu hören kriegen, überrascht uns beide.

»I-ah, endlich Besuch!« Auf einem weichen Lager aus Tante Jos Stroh steht ein kleines, graues Tier und begrüßt uns freundlich.

»Ein Esel!«, ruft Bine. »Hast du das gewusst, Hopper?«

Nein, habe ich nicht, aber das werde ich Bine natürlich nicht auf die Nase binden. »Wer bist du denn?«, frage ich stattdessen den Grauen.

»Ich heiße Emil, und du?«

»Mein Name ist Lord Hopkins of Northcastle. Für dich kurz: Hopper, der Ponydetektiv!«

»Wow, du bist ein richtiger Detektiv?«

»Allerdings, und deshalb muss ich dir ein paar Fragen stellen: Woher kommst du?«

»Ich weiß nicht genau, wie das heißt, woher ich komme.«

»Und wie bist du dann hier gelandet?«

»Ich erinnere mich nur, dass ich ziemlich lange mit einem Anhänger gefahren bin. Das hat vielleicht gewackelt und geruckelt! Ich war froh, als ich endlich herausgeführt wurde. Zuerst haben sich alle sehr gefreut, als ich ankam. Sogar eine rote Schleife habe ich umgehängt bekommen. Doch dann hat man mich hierher gebracht.«

»Wer ist ›man‹?«

»Wieso willst du das alles wissen? Können wir nicht lieber was spielen? Mir ist so langweilig.«

»Zum Spielen habe ich keine Zeit, ich muss den Dieb überführen!«

»Was für einen Dieb?«

»Na den, der dir dein Futter bringt.«

»Dann erfährst du von mir sicher nichts mehr. Ich bin doch kein Verräter!« Emil dreht sich demonstrativ weg.

»Ich kriege die Wahrheit auch ohne dich raus!«, schimpfe ich.

Schon wieder warten

So ein Idiot. Und dann lässt er sich auch noch von Bine mit den Naschereien aus ihrer Jackentasche verwöhnen.

»Wir müssen herausfinden, wem der Esel gehört!«, schlägt sie vor.

Ach was, als ob ich das nicht gerade versucht hätte. Gut, dass sie nicht mitbekommen hat, wie ich meine Befragung in den Sand gesetzt habe.

»Wir bleiben einfach so lange hier, bis jemand kommt, um den Esel zu füttern«, bestimmt Bine.

Die hat gut reden. Sie weiß nicht, wie schrecklich zäh sich diese Wartezeit hinziehen kann.

»Dann macht es euch mal gemütlich. Wird bestimmt ziemlich lange dauern, bis jemand kommt«, bestätigt Emil meine Befürchtungen.

»Du könntest uns allen viel Zeit sparen, indem du ausspuckst, was du weißt!«, knurre ich zurück.

»Und mich um eure nette Gesellschaft bringen? Ich bin doch nicht blöd!«

Tatsächlich krault Bine den frechen Esel auch noch zwischen den Ohren. Das geht zu weit! Ich drängle mich dazwischen.

»Sei doch nicht so eifersüchtig, Hopper. Wer weiß, wie lang der arme Kerl hier schon allein rumstehen muss!«

»I-ah, i-ah«, lacht Emil mich aus.

Aber wenigstens habe ich erreicht, dass Bine uns beide streichelt. Mit der linken Hand Emil, mit der rechten Hand mich.

»Ich brauch 'ne Pause«, gesteht Bine nach einer Weile und lässt sich erschöpft auf einen Strohballen fallen.

»Ziemlich nett, deine Freundin«, sagt Emil.

»Bine ist die Allerbeste! Ich würde alles für sie tun«, stimme ich ihm zu.

»Siehst du, dann verstehst du mich ja.«

»Wie meinst du das?« Ich stehe etwas auf der Leitung.

»Na, dass man Freunde nicht verpetzen darf. Oder würdest du deine Bine verraten, wenn sie was ausgefressen hätte?«

»Nie im Leben!«, muss ich zugeben.

Eine Weile sehen wir uns schweigend an. Ohne dass ich es will, fange ich an, Emil ein bisschen zu mögen. Er ist ein sturer Esel, aber er hat recht.

Doch irgendwann meldet sich mein Fünf-Uhr-Hunger. Mein Verständnis ist wie weggeblasen. Es ist zum Aus-dem-Fell-Fahren! Bis vor Kurzem hatte ich noch so ein schönes, ruhiges Leben. Hatte immer rechtzeitig einen Happen zu essen und konnte ansonsten tun und lassen, was ich wollte. Und jetzt!? Stehe ich blöd rum, um auf einen listigen Gauner zu warten. Und der Einzige, der mir helfen könnte, schweigt wie ein Grab.

»Du kannst doch gar nicht verhindern, dass wir den Dieb schnappen«, ranze ich Emil deshalb erneut an.

»Wir werden sehen.«

Diese Gelassenheit bringt mich nur noch mehr auf die Palme.

»Oh, nein, *du* wirst es sehen! Und du solltest froh darüber sein, denn schließlich hat der Kerl dich hier eingesperrt!«

»Das hat sie doch nur gemacht, weil …« Emil stockt.

»Hoho, du hast dich verraten. Es ist also ein Mädchen!«

»Äh, nein, das ist mir nur so rausgerutscht. Ich wollte doch nicht …«

»Komm schon, jetzt kannst du mir auch gleich alles erzählen.«

»Ich denke gar nicht daran! Es gibt gute Gründe dafür, dass ich hier bin, und damit basta!«

Ich grüble. Ein Mädchen. Wer könnte sie sein? Ich sehe hinüber zu Bine, die ein wenig eingenickt ist. Solange ich nichts zum Knabbern bekomme, kann ich mich beim besten Willen nicht konzentrieren. Behutsam schnuppere ich an Bines Taschen. Da ist doch bestimmt noch eine Kleinigkeit versteckt! Bine öffnet ein halbes Auge.

»Tut mir leid, ich habe alle Leckereien an den Esel verfüttert. Du musst dich gedulden.«

Hinter mir höre ich schon wieder dieses freche »I-ah«.

»Sehr komisch, deinetwegen werde ich auch noch verhungern!«

»Du kannst jederzeit gehen.«

Mir dämmert was. Das ist also Emils Plan. Er glaubt, dass wir nicht durchhalten. Aushungern will er uns. Zusehen, wie wir Durst und Hunger leiden. Da hat er sich aber geschnitten! Ponydetektiv Hopper ist durch so eine Kleinigkeit nicht aufzuhalten!

»Vergiss es!«, schnaube ich ihn an.

Dummerweise knurrt genau in dem Augenblick mein Magen irre laut. Bine fängt sofort an, mich beruhigend zu tätscheln. Der Esel hüstelt.

»Ich hätte da vielleicht was für dich …« Mit seiner Schnauze wühlt er im Stroh und rollt dann etwas in meine Richtung. Vor mir liegt ein leuchtend roter, saftiger Apfel. Mir läuft das Wasser im Maul zusammen.

»Meine Notration«, meint Emil.

»Aber …«, stammle ich.

Er unterbricht mich: »Nimm schon, bevor ich es mir anders überlege!«

Das lasse ich mir kein zweites Mal sagen. Ich schnappe nach dem Obst, obwohl ich weiß, dass es Diebesgut ist. Ich kann einfach nicht anders.

»Danke. Vielleicht bist du doch gar nicht so übel!«, schmatze ich.

»Du vielleicht auch nicht ...«, gibt er zurück.

Endlich! Ein leises Scharren an der Tür verrät eine späte Besucherin. Emil fängt sofort an, ein Höllenspektakel zu veranstalten. Er will wohl seine Besitzerin damit warnen. Nützt aber gar nix!

»Ich bin ja gleich bei dir, mein Liebling«, flüstert eine Stimme, die mir irgendwie bekannt vorkommt.

Vor Schadenfreude strecke ich Emil die Zunge raus.

Bine und ich kauern links und rechts neben der Tür. Sie geht auf. Bine schnellt nach vorne und packt zu. Ich zupfe der Gestalt die Kapuze vom Kopf. Emil quiekt. Das Mädchen schlottert.

»Bine ...«

»Paula!«

Der Dieb packt aus

»Bitte, bitte, du darfst mich nicht verraten, sonst macht mein Vater Hackfleisch aus Emil!«

Seit Emil sich verplappert hat, hätte ich mit einigen Gangsterbräuten gerechnet, aber nicht mit der ruhigen, fleißigen Paula, die immer Zeit für eine Streicheleinheit findet.

»Du bist die Diebin? Darauf wäre ich nie und nimmer gekommen!« Bine teilt meine Meinung.

»Es tut mir so leid, ich wollte nicht stehlen. Wirklich nicht! Aber ich kann Emil doch nicht verhungern lassen.«

Paula lässt sich schluchzend auf den Boden sinken. Tröstend legt Bine den Arm um sie.

»Jetzt erzähl doch erst mal der Reihe nach. Woher hast du Emil denn überhaupt?«

Immer noch schniefend fängt Paula an zu berichten: »Ich liebe Tiere nun mal über alles. Deshalb wollte meine Großmutter mir eine besondere Freude machen. An meinem zehnten Geburtstag vor vier Wochen kam ein großer Transporter angerollt bei uns auf dem Hof. Und heraus kam – mit einer großen, roten Schleife um den Hals – der Esel.«

Mit der Schleife hat Emil wenigstens nicht übertrieben!

»Ich habe ihn sofort ins Herz geschlossen und ihn Emil getauft. Leider war mein Vater ganz und gar nicht damit einverstanden, dass ein Esel bei uns auf dem Hof wohnen sollte. Emil war ihm von Anfang an ein Dorn im Auge.«

»Aber ihr habt doch auf eurem Bauernhof so viele Tiere«, wundert sich Bine.

»Schon, aber das sind alles Nutztiere, sagt

mein Papa. Kühe, die Milch geben, Hühner, die Eier legen, und Schafe, die Wolle liefern. Das sind Tiere, die mein Vater haben will. Auf seinem Hof darf nur Vieh stehen, mit dem er Geld verdienen kann. Ein Esel gibt keine Milch, legt keine Eier und mit seinem Fell ist auch nicht viel anzufangen. ›Wer nicht arbeitet, bekommt kein Futter!‹, hat er bestimmt. Es ist nur so: Auf einem großen Gut mit vielen Maschinen gibt es für einen Esel nichts zu tun. Emil hatte gar keine Chance, sich sein Futter zu verdienen. Und zurück zu meiner Omi in ihre kleine Stadtwohnung konnte er ebenfalls nicht. Außerdem wollte ich ihn doch auch nicht wieder hergeben!«, jammert Paula. Eine dicke Träne rinnt ihre Backe herunter.

Ich für meinen Teil finde Bauer Haferkorn ganz schön herzlos. Und so einer liefert unser Heu und Stroh. Tzt, tzt! Nicht zu fassen! Gespannt lausche ich weiter Paulas Geschichte.

»Tja, und dann ist auch noch was ganz Dummes passiert. Ich habe Emil nämlich oft frei herumlaufen lassen, damit er sein neues Zuhause besser kennenlernen konnte. Und bei so einem Ausflug verhedderte er sich eines Tages in der Wäscheleine. Wahrscheinlich in Panik raste er davon und schleppte die ganze

saubere Wäsche hinter sich her. Als ich ihn dann endlich eingefangen hatte, waren die Sachen nicht nur total dreckig, sondern zum Teil auch durchlöchert wie Schweizer Käse. Ausgerechnet Papas Sonntagshemd hatte es erwischt.«

Ich kann es mir nicht verkneifen, Emil damit

aufzuziehen: »Du bist aber auch ein Held! Hättest du nicht besser aufpassen können?«

»Du hast doch keine Ahnung! Mich wollte eine dicke, fiese Wespe in den Hintern stechen. Bloß deshalb bin ich weggerannt. Aber mach das mal diesen Menschen klar.«

Stelle ich mir tatsächlich schwierig vor und das war es wohl auch.

»Meinem Vater platzte endgültig der Kragen und er bestimmte, dass das Vieh, wie er es nannte, am nächsten Tag zu Metzgermeister Wutig geschafft werden sollte. Der könne dann seinetwegen Wurst aus dem Esel machen, brüllte er. Das konnte ich nicht zulassen! Ich habe ihn doch so lieb. Am liebsten wäre ich mit Emil zusammen ausgerissen. Aber dann hätte mein Papa bestimmt nach uns gesucht.«

Bine nickt voll Mitleid und legt den Arm um Paula, während die schluchzend weiterredet.

»Ich dachte, deshalb wäre es am besten, wenn ich Emil erst mal in Sicherheit bringe, bis

Gras über die Sache wächst. Meinem Vater erzählte ich, dass ich vergessen hätte, Emil abends einzusperren, und er weggelaufen wäre. Papa war das egal, Hauptsache, der Schmarotzer war weg. Trotzdem beobachtete er sehr scharf, wie viele Vorräte ich zur Fütterungszeit verbrauchte. Wahrscheinlich hat er mir meine Geschichte doch nicht so ganz geglaubt. Bald war es unmöglich, auch nur einen Strohhalm für Emil zur Seite zu schaffen.«

»Dein Vater ist ja ein richtiger Geizkragen! Das hätte ich nie im Leben von ihm gedacht!«, wirft Bine ein.

Paula zuckt nur hilflos mit den Schultern. »Das ist wohl nicht zu ändern. Und mein Taschengeld reicht beim besten Willen nicht, um den Esel satt zu kriegen. Es blieb mir nichts anderes übrig, als immer wieder auf Gut Apfelbaum etwas mitgehen zu lassen. Ich hoffte, dass es niemandem auffallen würde, bis ich eine Lösung für Emil gefunden habe.«

Unerwartet fällt Paula mir um den Hals und wuschelt meine Mähne. »Es tut mir so leid, dass Hopper meinetwegen verdächtigt wurde!«

Ich kann gar nicht anders, als ihr augenblicklich zu verzeihen.

Bine hat ebenfalls volles Verständnis: »Wahrscheinlich hätte ich an deiner Stelle genauso gehandelt. Aber warum hast du nicht Tante Jo um Hilfe gebeten?«

»Wollte ich ja. Doch dann habe ich mich einfach nicht mehr getraut, weil Tante Jo so wütend war wegen der Diebstähle. Was, wenn sie meinem Vater alles erzählt hätte?«

Mir leuchtet das ein. Selbst ich laufe vor Tante Jo weg, wenn sie sauer ist.

Bine kräuselt die Nase. »Wenigstens mich hättest du einweihen können!«

Unentschlossen zuckt Paula mit den Schultern. »Soooo gut kennen wir uns bisher ja auch nicht. Und bestimmt wärst du wegen

Hopper nicht unbedingt auf meiner Seite gewesen.«

»Quatsch, lieber hätte Tante Jo Hopper ein paar Tage eingesperrt, als dass aus Emil Salami geworden wäre!«

Waaaaas? Ich höre wohl nicht richtig! Und neben mir schon wieder dieses rotzfreche »I-ah, i-ah, i-ah«!

»Schnauze!«, wiehere ich. »An deiner Stelle würde ich lieber nachdenken, was jetzt aus dir wird.«

Ein Knicks für Tante Jo

Bine und Paula grübeln mit rauchenden Köpfen. Emil ist mittlerweile ein wenig kleinlauter. »Meinst du, ich muss jetzt weg von hier und weg von Paula?« Ängstlich klappert er mit den Zähnen.

Er tut mir richtig leid, obwohl er so eine Nervensäge sein kann.

Großzügig schlage ich vor: »Ich könnte ein gutes Wort für dich einlegen.«

»Das würdest du machen?«

Fast gleichzeitig kommt das Echo von Paula an Bine: »Würdest du das echt versuchen?«

Bine und ich nicken einmütig.

Gleich am nächsten Tag machen Bine und ich uns an Tante Jo ran.

»Duuuuu, Tante Jo, ich hätte da mal eine Frage.« Bine klingt honigsüß.

»Dann lass mal hören.«

»Wir haben doch diese kleine Kutsche, mit der wir im Sommer ab und zu Besuchern die Umgebung zeigen.«

»Stimmt, was ist damit?«

»Könntest du dir vorstellen, dass wir diese Kutsche in Zukunft von einem Esel ziehen lassen?«

»Ein Esel? Wie kommst du denn darauf? Wir müssen uns dafür doch nicht extra einen Esel anschaffen.«

»Nicht extra anschaffen, Tante Jo, der Esel wäre schon da, verstehst du.«

»Gar nix verstehe ich. Wo ist dieser Esel?«

»Na, hier …«

Das ist mein Stichwort. Mit Emil und Paula im Schlepptau tänzle ich heran. Ich laufe auf den Hinterbeinen und vollführe einige hübsche Pirouetten. Zum Abschluss stelle ich Tante Jo meine beiden Begleiter mit einem perfekten Hofknicks vor. Ich weiß ganz genau, wie sehr sie meine kleinen Darbietungen mag.

Überrascht und begeistert klatscht Tante Jo in die Hände. Emil und Paula staunen mich an.

»Wen haben wir denn hier?«, fragt Tante Jo und streichelt über das graue Eselsfell.

»Das ist unser neuer Kutschenesel Emil«, erklärt Bine.

»Moment mal. So ein Esel taucht doch nicht so einfach aus dem Nichts auf. Könnte es sein, dass ich hier meinen blinden Esser kennenlerne?«

Paula läuft knallrot an und Bine bohrt mit den Fußspitzen im Kies. Ich muss dringend die Situation retten und reibe liebevoll meinen Kopf an Tante Jos Schulter.

»Ich habe schon verstanden, Hopper, dass du dich für deinen neuen Freund einsetzen willst. Aber vorher würde ich gerne die ganze Wahrheit hören, bitte schön!«

Paula fasst sich ein Herz und beichtet Tante Jo alles. Vom Geburtstagsgeschenk über Papa Haferkorns Drohung bis hin zu ihren Diebstählen. Nichts lässt sie aus. Tante Jo hört ernst und aufmerksam zu. Nur ich kann die kleinen Lachfältchen in ihren Augenwinkeln ab und zu zucken sehen. Die anderen drei trauen sich vor lauter schlechtem Gewissen kaum aufzublicken. Als Paula geendet hat, entsteht eine kleine Pause, die uns wie eine Ewigkeit vorkommt.

»Das ist ja ein starkes Stück!«, donnert Tante Jo schließlich.

Emil duckt sich. »Jetzt muss ich doch zum Schlachter«, bibbert er.

»Wart's ab!«, versuche ich ihn zu beruhigen.

Doch tatsächlich holt Tante Jo ihr Handy aus

der Hosentasche und fängt an, eine Nummer zu wählen.

»Was machst du, Tante Jo?«, fragt Bine ängstlich.

Aber Tante Jo legt nur den Finger auf die Lippen. Jemand scheint sich am anderen Ende ihrer Leitung zu melden.

»Ja, guten Tag, hier ist Jolantha Holzapfel von Gut Apfelbaum. Schön, dass Sie es gleich selbst sind. Ich habe gehört, dass Sie einen Esel abzugeben haben. Wir könnten ihn hier sehr gut gebrauchen. Deshalb wollte ich fragen, was das Tier denn kosten soll …«

Der Rest geht im allgemeinen Jubel unter. Bine und Paula fallen abwechselnd sich und Emil und mir um den Hals. Emil bedankt sich überschwänglich bei mir. Dann tanzen wir rings um Tante Jo herum, bis uns die Puste ausgeht.

Bauer Haferkorn verlangt natürlich kein Geld für Emil, sondern ist erleichtert, dass er ihn endgültig los ist. Er ist sogar bereit, einmal im Monat kostenlos eine Fuhre Heu für das Geburtstagsgeschenk seiner Tochter vorbeizubringen.

Paula und Bine müssen versprechen, sich um den Esel zu kümmern. Sie schwören es hoch und heilig. Und zur Not bin ich ja auch noch da. Ich werde Emil schon zeigen, wie er sich hier auf Apfelbaum zu benehmen hat.

»Nur eine Sache noch«, fragt Tante Jo lachend zum Schluss, »warum hat Hopper eigentlich diese Mütze auf dem Kopf?«

Und da rufen Bine und Paula wie aus einem Mund: »Na, weil er doch der beste Ponydetektiv der Welt ist!«

LORD HOPPER

Ein Pony überlistet die Katzendiebe

Ruhe vor dem Sturm

Puh, ist das heiß heute! Auf unsere schöne Weide knallt unerbittlich die Mittagssonne herab. Es wird Zeit, dass ich mir ein schattiges Plätzchen suche. Langsam, damit ich nicht noch mehr ins Schwitzen gerate, trotte ich auf unseren Unterstand und die kleine Baumgruppe am hinteren Ende der Wiese zu.

»Hallo, Hopper«, ruft mir Kira entgegen. »Na, ist dir auch zu warm?«

»Und wie!«, sage ich.

Das hätte ich mir denken können, dass ich nicht der Einzige bin, der zu diesem kühleren Fleckchen unterwegs ist. Nichts gegen Kira –

gegen hübsche Stutengesellschaft habe ich nichts einzuwenden.

Im Gegenteil, ich bin froh, dass sie wieder ganz normal mit mir redet. Es hat mich einige Bissen meiner Gurkensandwichs gekostet. Denn nach meinem ersten Detektiv-Fall vor ein paar Wochen war Kira mit mir noch eine ganze Weile beleidigt. Sie hatte einen falschen Verdacht und hat mich damit in die Irre geführt. Deshalb habe ich mich über sie lustig gemacht. Nicht die feine englische Art, ich weiß. Schließlich wollte sie mir nur helfen. Noch dazu bin ich offiziell tatsächlich ein waschechter, englischer Adliger – Lord Hopkins of Northcastle. Und wie heißt es so schön: Adel verpflichtet. Darum bemühe ich mich, zu Kira besonders nett zu sein. Und ich teile, wie gesagt, sogar ab und zu meinen heiß geliebten Fünf-Uhr-Snack mit ihr. Wenn sie gerade in der Nähe ist. Ansonsten bekommt sie es ja nicht mit und hinterher-

tragen muss ich ihr meine Leibspeise nicht, oder?

Leider steht meine Pferdefreundin nicht allein unter den Bäumen. Die gesamte Apfelbaum-Herde hat sich dort versammelt. Fiora,

Brombeere und Juli dösen matt vor sich hin. Der Schimmelwallach Amato fletscht, wie nicht anders zu erwarten, die Zähne, als er mich sieht. Er kann es einfach nicht verwinden, dass ich seit meinem Erfolg als Ponydetektiv der Held des Hofes bin. Vielleicht sollte ich ihm mal flüstern, dass ich auch vorher schon viel beliebter war als er. Dann regt er sich wieder so schön auf und wir können uns ein wenig über die Koppel jagen. Ach nein, für unser Fangenspiel ist es mir heute einfach zu heiß!

Zu allem Überfluss kommt aus der anderen Ecke Emil angetrippelt. Dieser Esel – seufz! Seit ich ihn aus seinem Gefängnis im Wald befreit und ihm sogar einen Platz hier auf dem Hof beschafft habe, hängt er an mir wie eine Klette. Ein wenig Bewunderung ist manchmal nett, aber ab und zu braucht das Fellpony seine Erholung. Besonders in der prallen Sommerhitze. Ich beschließe, das Feld zu räumen und einen Spaziergang zu machen. Bestimmt lässt sich irgendwo ein ruhigerer Ort finden. Als ich mich umdrehe, ruft Emil mir hinterher: »Hopper, warte, wohin willst du denn? Komm doch zu uns in den Schatten!«

»Ich habe noch etwas zu erledigen«, behaupte ich. Im Zickzackkurs bewege ich mich auf das Gatter zu, damit er bloß nicht auf die Idee kommt, sich mir anzuschließen. Zum Glück ist so ein Schnappriegel für mich überhaupt kein Hindernis. Ich habe bei meinem ersten Herrchen und Freund, dem echten Lord Hopkins auf der Nordburg, so viele Tricks gelernt, dass ich mit den Zähnen einfache Absperrungen wie diese spielend beiseiteschieben kann. Nur mit einem echten Schloss, für das man einen Schlüssel braucht, hätte ich ein paar Probleme. Deshalb kann ich, im Gegensatz zu meinen Pony- und Pferdefreunden, jederzeit einen kleinen Ausflug machen.

Gemütlich schlendere ich den Weg entlang

und statte Onkel Ottos Apfelgärten einen Besuch ab. Hier ist es noch viel besser als bei uns auf der Weide. Unter den Bäumen ist es genauso kühl, ich habe meine Ruhe *und* die ersten Äpfel sind reif. Ein paar sind sogar schon heruntergefallen. Was für ein netter Zufall, als ob sie auf mich gewartet hätten. Wie das duftet! Ich strecke den Kopf nach unten und knabbere testweise an einer Frucht. Noch ein wenig säuerlich, aber sehr saftig! Wenn

es weiterhin so sonnig ist, kann Onkel Otto spätestens in einer Woche die erste Ernte einfahren. Ich bin inzwischen Experte in Sachen reife Äpfel. Sie sind mein zweitliebstes Lieblingsfutter.

Außerdem verdanke ich einem Apfel meinen Ermittlungserfolg als welterster und weltbester Ponydetektiv.

Die Futterdiebin hatte ihn auf der Flucht in

ihr Versteck verloren und so konnte ich ihrer Spur folgen.

Versonnen denke ich daran zurück. Ganz schön spannend und aufregend war das. Und ich konnte zeigen, was ihn mir steckt. Selbst Onkel Otto hat mir danach kurz den Hals getätschelt und mir erlaubt, dass ich hin und wieder sein Fallobst verspeisen darf. Normalerweise überlässt er uns Ponys und Pferde lieber seiner Frau. Denn Tante Jo leitet den Reiterhof und er hat seine Äpfel. Sein Lob ist also eine besondere Auszeichnung!

Ich habe gehofft, dass ich öfter knifflige Fälle lösen darf. Pustekuchen! Alles ruhig auf dem Hof und niemand braucht meine Spürnase. Meine schöne Detektivkappe hängt als Andenken an einem Haken in meiner Box und verstaubt. Selbstredend wünsche ich mir keinen bitterbösen Verbrecher herbei. Am Ende würde der meiner allerbesten Menschenfreundin Bine etwas zuleide tun und das will ich unter keinen Umständen. Aber so eine klitzekleine Herausforderung – wenigstens ein verlorenes Hufeisen oder eine verlegte Brille, die ich aufstöbern könnte … Ach was, das wäre ohnehin unter meiner Würde. Ich sollte froh sein, dass alles in Ordnung ist, und lieber noch ein Stück Apfel essen.

Gerade als ich mich zu einer rotbackigen Frucht herunterbeugen will, spüre ich, wie etwas meine hintere Flanke streift.

»He!« Unwillig drehe ich mich um. Da ist doch glatt ein Apfel vom Baum gefallen und hat mich angegriffen. Na, der kann was erleben! Den werde ich mir gleich einverleiben. Als ich zubeiße, scheint plötzlich der Baum neben mir zu erbeben. Ich will eilig wegspringen, aber zu spät. Unter lautem Gepolter prasseln zahllose Äpfel auf mich herab. Sie bombardieren meinen Rücken, mein Hinterteil und meinen Kopf, als ob ich in einen Hagelschauer geraten wäre. Mit apfelgroßen Hagelkörnern – autsch! Sekunden später ist der Spuk vorbei und ich schüttle mich völlig verdattert. Wie konnte das denn passieren? Es war doch alles ruhig und dann … Einen Apfel, der sich zufällig haargenau dann dazu entschließt, herunterzuplumpsen, wenn ich unter dem Baum stehe, lasse ich mir ja noch gefallen. Aber ein ganzer Korb voll!? Da höre ich hinter dem Baum ein leises »Iah-haha, iahhaha.«

Dieses Lachen würde ich unter Hunderten erkennen. Nur ein Esel lacht so.

Augenblicklich schlägt mein Erstaunen in Zorn um. Das hätte ich mir denken können! Diese Nervensäge steckt also hinter dem Apfelsturm. Dem werde ich jetzt was erzählen! Wütend umrunde ich den Baumstamm und baue mich vor Emil auf.

»Bist du vom wilden Hengst gebissen worden? Wieso beschmeißt du mich mit Äpfeln?«

Emil lässt verlegen die langen, grauen Ohren hängen.

»Wollte ich doch gar nicht.«

»Ach was, und warum tust du es dann?«, schnaube ich sauer.

»Ich habe doch nur ein bisschen mit den Hinterbeinen am Baum gerüttelt, damit du eine bessere Apfelauswahl hast.«

»Das kannst du deiner Großmutter erzählen. Oder Paula. Die ist vielleicht gutmütig genug, dir das zu glauben.«

Paula ist Emils Besitzerin und würde wirklich alles für ihren Esel tun. Bis auf diesen kleinen Schönheitsfehler ist sie in Ordnung. Fast so nett wie meine Menschenfreundin Bine. Aber eben nur fast.

»Ehrlich! Ich habe gehört, dass die besten Äpfel immer ganz oben wachsen, und da wollte ich dir helfen …«

Emil sieht mich treuherzig mit seinen dunkelbraunen Augen an.

»Ach du grünes Gurkenstück! Emil, du bringst uns mit deinen Aktionen noch in Teufels Küche!«

»Warum?«

Es ist zum Aus-dem-Fell-Fahren, dieser Esel muss noch viel lernen!

»Weil wir nur das Fallobst fressen dürfen. Onkel Otto wird sonst stinksauer.«

»Verstehe ich nicht, die Äpfel sind doch heruntergefallen«, sagt Emil.

Ich schüttle energisch den Kopf: »Aber nicht von selbst, sondern weil du die Ernte übernommen hast.«

»Ja und? Vielleicht ist er mir sogar dankbar, dass ich ihm die Arbeit abgenommen habe.«

Dieser Esel treibt mich gleich in den Wahnsinn! Er hat von sachgemäßer Apfelernte keine Ahnung.

»Bestimmt nicht. Die Äpfel haben jetzt alle Druckstellen. So kann Onkel Otto sie nicht mehr verkaufen.«

An Emils schuldbewusstem Blick merke ich, dass er langsam anfängt zu begreifen. Aber zugeben will der sture Kerl das nicht. »Verkauft er sie eben nicht, sondern wir futtern sie auf. Mir macht so eine kleine Delle nichts aus.«

»Mich wundert es nicht mehr, dass Bauer Haferkorn so einen Fresssack wie dich loswerden wollte.«

»Du musst reden. Ich verdiene mir wenigstens mein Futter!«

»Dass ich nicht wiehere. Womit bitte schön verdienst du dir das?«

»Ich ziehe die Kutsche für Besucher.«

»Und du meinst, einmal in der Woche Gäste durch die Gegend zu fahren, genügt für die Unmengen Heu und Rüben, die du vertilgst? Vielleicht sollte Tante Jo dich nur einmal wöchentlich füttern.«

»Besser als du. Du frisst mehr und tust gar nichts«, blafft Emil mich an.

»Ich gebe Reitunterricht!«, schnauze ich beleidigt zurück.

»Reitunterricht nennst du das? Du trödelst mit Bine durch die Gegend. Das ist keine Arbeit, sondern Spaß!«

»Wer sagt, dass Arbeit keinen Spaß machen darf? Außerdem bin ich der Detektiv auf dem Hof!«

»Iah-haha, ein Detektiv mit nur einem gelösten Fall!«

»Für dich werde ich nie wieder den Kopf hinhalten, geschweige denn einen Knicks bei Tante Jo machen! Das nächste Mal überlasse ich dich Metzgermeister Wutig!«

Inzwischen stehen wir uns beide mit geblähten Nüstern gegenüber und wichern uns lautstark an. So sauer war ich noch nie auf jemanden. Dieser Esel ist wirklich das Aller-, Allerletzte!

Emil geht baden

Keine Ahnung, was passiert wäre, wenn nicht zwei sehr vertraute Stimmen nach uns gerufen hätten.

»Hopper!«

»Emil!«

»Wo steckt ihr?«

Gleichzeitig richten der Esel und ich die Ohren auf und lauschen.

»Das sind Paula und Bine«, sagt Emil.

»Das sind Bine und Paula«, sage ich.

Ich werfe Emil einen letzten, abfälligen Blick zu, dann galoppiere ich los. Hinter mir höre ich, dass er ebenfalls voranprescht. Keine Chance! Ich weiß den Weg durch die Apfel-

gärten einfach viel besser und kenne jede Abkürzung. Triumphierend schnaube ich, als ich als Erster bei den Mädchen eintreffe. Die beiden stehen untergehakt auf der Allee und winken mir fröhlich entgegen.

»Hallo Hopper, wo steckt Emil?«, begrüßt Bine mich und krault mich hinter den Ohren.

Der soll bleiben, wo der Pfeffer wächst, würde ich am liebsten antworten. Leider würde sie das nicht verstehen. Bine weiß zwar für einen Menschen erstaunlich oft, was ich ihr mitteilen will. Aber alles kapiert sie nicht. Besonders, wenn es um Emil geht.

Sie und Paula sind seit unserem Detektivfall richtig dicke Freundinnen geworden. So was erkenne ich aus Erfahrung. Ständig glucken sie zusammen, kichern und tuscheln. Und deshalb denken sie, es müsste auch Emil und mich nur noch im Doppelpack geben. Sie bringen Emil auf meine Weide, obwohl er ebenso gut auf der Privatkoppel aufgehoben wäre. Bine bittet mich ständig, mich um Emil zu kümmern, ihm alles zu zeigen und zu erklären, was auf dem Hof wichtig ist. Wir werden nebeneinander zum Putzen hingestellt, und die beiden Mädchen freuen sich, wenn sie denken, dass wir zusammen spielen. Dabei streiten wir uns in solchen Augenblicken meistens.

Paula meinte neulich sogar zu Bine: »Sieh mal, Hopper schiebt Emil die besten Häppchen zu.« Da wurde Bine allerdings doch skeptisch: »Ich weiß nicht recht, eigentlich ist er mit seinem Futter nicht so großzügig.«

Stimmt genau! Ich habe meine Leckerbissen vor Emil in Sicherheit gebracht. Nicht mit ihm geteilt! Nur weil Bine Paula etwas von ihrem Eis abgibt, muss ich noch lange nicht Emil von meinen Gürkchen abbeißen lassen. Trotzdem reißen wir uns immer ein bisschen zusammen, wenn die beiden Mädchen anwesend sind. Denn das ist unsere einzige Gemeinsamkeit: Wir haben unsere Menschenfreundinnen sehr, sehr gerne und wollen ihnen keinen Kummer bereiten.

So auch heute. Als Emil endlich um die Ecke biegt, grinse ich ihm zwar schadenfroh entgegen, weil er so langsam war. Aber unser Zoff wird erst mal begraben. Vor allem, als wir hören, was Bine und Paula vorhaben.

»Wir wollen einen Ausflug machen. Mit allem Drum und Dran. Habt ihr Lust?«

Ich nicke heftig. Aus dem Augenwinkel

kann ich sehen, dass Emil dasselbe tut. Er hat bestimmt ebenfalls den großen Picknickkorb entdeckt, der neben Bine auf dem Boden steht.

Was für eine großartige Idee! Im leichten Trab laufen wir durch den Wald. Bine auf meinem Rücken juchzt vor Freude und ich schnaube fröhlich zurück. Selbstverständlich haben wir die Führung übernommen, denn wir kennen die Reitwege viel besser als Paula und

Emil. Und Emil soll lieber auf mein Hinterteil gucken als andersherum. Das passt ihm gar nicht und er ruft mir zu: »Warte nur, nachher auf der Galoppwiese hänge ich dich ab!«

Davon träumt er wohl.

»Ihr lahmen Esel könnt doch gar nicht richtig galoppieren!«, schreie ich zurück.

Können sie doch, stelle ich kurz darauf fest. Ich muss mich ganz schön anstrengen, damit Emil mich nicht überholt. Nur mit einer winzigen Nasenlänge Vorsprung erreichen Bine und ich als Erste das Ende der Galoppstrecke. Wie gut, dass Bine so ein Fliegengewicht ist und die Paraden besser beherrscht als Paula. Ich schnaufe schwer und sehne mich nach Abkühlung.

»Iah-haha, du hast dich von einem lahmen Esel ordentlich ins Schwitzen bringen lassen!«, sagt Emil.

»Bilde dir nichts ein. Es ist einfach heiß heute«, gebe ich ärgerlich zurück.

Bine fallen meine Schweißtropfen ebenfalls auf. »Was hältst du davon, wenn wir unsere Lieblinge ein wenig trocken reiten und uns dann mit ihnen ein Bad im See gönnen?«, fragt sie Paula.

Paula wiegt bedächtig den Kopf: »Meinetwegen gerne. Ich befürchte allerdings, Emil ist kein großer Wasserfan.«

Ich kann mir das Wiehern nicht verkneifen: »Ho, haha, du bist wasserscheu!«

»Stimmt gar nicht!«, behauptet Emil.

Aber als wir vier am See ankommen, weiß ich, dass er gelogen hat. Bine und Paula nehmen uns die Sättel ab. Dann springen sie in ihren Badeanzügen ins kühle Nass. Fröhlich will ich ihnen folgen. Emil bleibt zurück. Ich drehe mich um.

»Fürchtest du dich doch?«

Emil spielt nervös mit seinen Ohren: »Nein, nein, aber geh ruhig schon mal voraus. Ich komme später nach.«

»Was heißt hier später? Später reiten wir wieder nach Hause. Jetzt oder nie!«, stachle ich ihn an.

»Dann lieber nie«, murmelt Emil leise.

»Du willst dir den ganzen Spaß entgehen lassen? Mit Bine und Paula zu schwimmen ist fantastisch.«

Meine Überredungskünste fruchten wenig. Ich schreite zur Tat, schnappe nach seiner Mähne und will ihn zum Wasser ziehen. Dummerweise sind seine Mähnenhaare viel, viel kürzer als meine und ich bekomme ihn nicht ordentlich zu fassen. Also stelle ich mich hinter ihn, drücke und schiebe, was das Zeug hält. Doch Emil stemmt die Hufe felsenfest in den Boden und rührt sich keinen Millimeter.

»Warum bist du so ein Feigling?«, bohre ich nach. »Sonst nutzt du jede Gelegenheit für einen Wettkampf mit mir. Und heute willst du mich beim Schwimmen gewinnen lassen?«

»Dann gewinnst du eben. Dafür holen dich die Wassergeister.«

»Die waaas?« Völlig verwirrt sehe ich Emil an.

»Die Wassergeister, die versuchen, alle Lebewesen zu verschlingen, wenn sie ihnen zu nahe kommen. Jede Eselmutter erzählt schon ihren Fohlen von ihnen. Deshalb wissen wir Esel Bescheid und gehen niemals schwimmen.«

»So ein Blödsinn. Du trinkst doch Wasser, ohne Angst zu haben.«

»Das ist etwas anderes!«, beharrte Emil.

»Das ist gar nichts anderes. Wenn es diese Wassergeister wirklich gäbe, dann müssten sie auch in deinem Trinkwasser wohnen.«

Emil kräuselt die Nase. Das macht er ständig, wenn er fieberhaft nachdenkt. Immerhin habe ich ihn zum Grübeln gebracht. Jetzt fehlt nur noch ein kleiner Schubs und ich habe ihn so weit. Ich weiß auch schon, wie ich es anstellen muss! Laut und bedächtig sage ich: »Außerdem wundere ich mich sehr, dass du deine Paula mit diesen gefährlichen Wesen allein lässt. Ich für meinen Teil werde sofort zu Bine gehen und sie beschützen!«

Und ohne ihn weiter zu beachten, stapfe ich los.

Jawollja! Es funktioniert. Noch bevor ich am See bin, rast Emil an mir vorbei. Kurz vor dem unheimlichen Nass stoppt er für einen Moment. Er beißt die Zähne zusammen und tippt mit seinem rechten Vorderhuf auf die

Wasseroberfläche. Als nichts geschieht, rückt er ein Stück vor. Ich verkneife es mir, zu drängeln. So gut kenne ich ihn inzwischen – die letzten Meter muss er freiwillig überwinden oder er bockt total und keine zehn Großpferde bringen ihn jemals ins Wasser.

Emil steht schon bis zum Bauch im Wasser, als Paula ihren Liebling entdeckt. Begeistert ruft sie: »Jippi , mein Esel kann doch schwimmen. Hierher, Emil, komm zu mir!«

Wie ein nasser Sack lässt Emil sich ins Wasser plumpsen und treibt auf seine Freundin zu. Deutlich eleganter gleite ich in den See und paddle zu Bine.

Wir schwimmen um die Wette, ziehen die Mädchen ein Stück durch den See und spritzen uns gegenseitig nass. Emil hat seine Bedenken völlig vergessen und tobt im Wasser, als hätte er nie etwas anderes gemacht. Ich bin sehr zufrieden mit meinem Erfolg, auch wenn ihn niemand zur Kenntnis nimmt, sondern alle Emil bejubeln.

Bine schlingt ihre Arme um meinen Hals und flüstert mir ins Ohr: »Keine Ahnung, wie du das angestellt hast, Hopper. Aber Emil das Schwimmen beizubringen war großartig von dir!«

Bine ist die klügste, beste Menschenfreundin, die es gibt!

Ein Quieken im Gebüsch

Viel zu schnell geht der wunderschöne Ausflug zu Ende. Wir haben viel Spaß zu viert. Beinahe vergesse ich, dass ich Emil nicht leiden kann. Bestens gelaunt trudeln wir wieder auf dem Hof ein. Zum krönenden Abschluss versprechen uns Bine und Paula eine ausgiebige Putzkur. Als Bine die Striegel holen will, hören wir plötzlich ein klägliches Wimmern. Das kommt eindeutig vom Hoftor. Ob sich eines der anderen Ponys verletzt hat? Kira wird sich doch nicht die Fesseln gestoßen haben und allein herumhumpeln? Ich muss sofort nachsehen.

Bine, Paula und Emil stürmen ebenfalls vors

Tor. Draußen blicken wir uns ratlos an. Nichts zu sehen. Aber da war eindeutig dieses Quieken. Wir haben es alle vier gehört. Das können wir uns nicht eingebildet haben. Mein Detektivsinn sagt mir, dass ich genauer hinsehen muss. Manches bemerkt man erst auf den zweiten Blick. Aufmerksam spitze ich also die Ohren und blicke mich um. Da! Ein klagender Laut scheint aus dem Gebüsch neben dem Eingang zu kommen. Ich beuge mich ganz dicht über die Äste. Aua! Hätte ich das lieber gelassen. Erschrocken ziehe ich mein Maul zurück. Ein Zweig hat mich gepikst. Ausgerechnet an meiner empfindlichsten Stelle. So eine Gemeinheit! Mitleid heischend drehe ich mich zu Bine um. Aber die ist schon mit Paula an mir vorbeigeeilt und tastet sich durch die Büsche. Ich will sie warnen, aber die Mädchen stehen schon mittendrin. Bine hält einen Kartondeckel in die Höhe:

»Ah, sieh mal, wie süß!«

Hä? Was bitte kann süß sein, das mich so hinterhältig angreift? Paula teilt Bines Meinung: »Och, sind die niedlich!«

Neugierig äuge ich über Bines Schultern. Und erkenne:

Vier zerrupfte Putzlappen – ach nein, es sind Beine dran.

Katzen – besser gesagt, Katzen im Miniformat. Sie können noch kaum die Augen offen halten und sind so klein, dass sie locker in Bines Hand passen. Bine hat nämlich einen

von den Zwergen hochgenommen und kriegt sich kaum noch ein vor Begeisterung. »Mensch, Paula, wie kommen die hierher? Die sind kaum älter als eine oder zwei Wochen.«

Paula runzelt die Stirn: »Keine Ahnung. Sieht ganz danach aus, als ob sie jemand ausgesetzt hat.«

»Wer macht denn so was?«, fragt Bine erschrocken.

»Ich verstehe es ja auch nicht. Aber leider gibt es immer wieder Bauern, die den Nachwuchs ihrer Hofkatzen nicht mit durchfüttern wollen«, erklärt Paula.

»Dann müssen wir ihnen helfen! So, wie die Kleinen miauen, haben sie bestimmt schrecklichen Hunger!«, sagt Bine.

Na gut, das verstehe ich. Wenn mir der Magen knurrt, werde ich auch ungemütlich. Die Kleinen können einem fast leidtun, denn sie scheinen noch nicht in der Lage zu sein, sich selbst Futter zu beschaffen.

Emil hinter mir sagt: »Unsere Fellpflege fällt wohl aus.«

»Das befürchte ich auch«, stimme ich ihm zu, denn Bine und Paula haben nur noch Augen für die Katzenbabys. Jede trägt zwei von ihnen auf den Hof. Es geht nur noch darum, wo sie die Kleinen am besten unterbringen und woher sie geeignetes Futter bekommen.

Tante Jo, die zufällig über den Platz stiefelt, ist sofort genauso Feuer und Flamme wie unsere Freundinnen.

»Ach, die armen Würmchen! Bringt sie in den Heuschober. Ich hole Spezialmilch und Fläschchen. Wird viel Arbeit, die Kleinen durchzubringen, aber wir schaffen das schon!«

Sie springt sofort in ihr altes, knatterndes Auto und braust zu unserem Tierarzt Dr. Gründlich, um alles zu besorgen.

Meine Hoffnung, dass wieder alles beim Alten ist, sobald die Fellbündel versorgt sind, wird bitter enttäuscht. Katzenbabys brauchen alle zwei Stunden Futter und müssen ständig gereinigt, gestreichelt und bestaunt werden. Als ich mir meinen Fünf-Uhr-Snack abholen will, scheucht mich Bine davon: »Ich habe jetzt keine Zeit für dich! Du siehst doch, die Kätzchen brauchen mich.«

Ist das zu fassen? Diese Kratzbürsten werden kugelrund gefüttert und ich muss verhungern?

»Iah-haha«, lacht Emil, »du bist zu verwöhnt, Hopper! Wenn ich mir deinen Bauch so ansehe, dann kann es gar nichts schaden, wenn du mal für ein paar Tage auf deine Zusatzration verzichten musst.«

Wütend schnaube ich ihn an: »Dir wird das Lachen vergehen, wenn Paula dich wegen diesen dämlichen Katzen völlig vergessen hat!«

»Das würde Paula nie tun!«, behauptet Emil.

Wie gerufen erscheint Paula auf dem Innenhof. Vollbepackt mit einem Körbchen, einer Decke und zwei Schlafsäcken, schlingert sie an Emil und mir vorbei, ohne uns eines Blickes zu würdigen.

»Habe ich es nicht gesagt!« Diese Bemerkung kann ich mir nicht verkneifen. Emil will es nicht wahrhaben. Er trottet zu Paula und baut sich erneut vor ihr auf. Was erwartet er? Dass sie alles fallen lässt und ihn hinter den Ohren krault?

Stattdessen ruft Paula: »Emil, geh mir aus dem Weg. Du siehst doch, dass ich die Hände voll habe. Bine und ich wollen heute im Heuschober schlafen, damit wir die Katzenjungen nachts regelmäßig füttern können!«

Wie einem UFO glotzt Emil seiner Paula hinterher. Ich würde mich gerne über ihn lustig machen, wenn es nicht so traurig wäre.

»Hat Bine schon mal bei dir im Stall übernachtet, um dich die ganze Nacht zu füttern?«, fragt Emil fassungslos.

»Ja«, gebe ich zu, »einmal hat sie so was in der Art gemacht. Ich hatte mir eine Kolik eingefangen, und sie hat mich bewacht, damit ich mich nicht hinlege und alles schlimmer mache.«

Emils Miene verfinstert sich noch mehr: »Müssen wir erst krank werden, damit uns die beiden wieder beachten?«

»Lieber nicht, das ist ganz schön schmerzhaft.«

In Erinnerung daran schüttele ich mich energisch.

»Hast du einen besseren Vorschlag?«, will Emil wissen.

»Wir müssen Bine und Paula klarmachen, dass wir ihre wirklichen Freunde sind«, sage ich.

Emil stampft mit dem Huf auf: »Am besten

wäre es, die Kratzbürsten würden wieder verschwinden.«

»So machen wir es«, rufe ich, »du bist gar nicht so schlecht!«

»Aber Hopper«, sagt Emil, »wir können die Kleinen nicht rauswerfen. Sie sind völlig hilflos und Bine und Paula würden das niemals zulassen.«

»Das weiß ich auch, Schlaumeier, aber hast du schon einmal daran gedacht, dass Katzenbabys nicht einfach so aus dem Nichts auftauchen?«

»Paula hat doch vermutet, dass sie ausgesetzt wurden, weil jemand sie genauso wenig haben wollte wie wir«, sagt Emil.

Ich will nicht so schnell aufgeben: »Möglich. Dann haben wir Pech gehabt und werden uns wohl oder übel weiter um die Plagegeister kümmern müssen. Aber ist dir aufgefallen, dass in den Pappdeckel Luftlöcher geschnitten wurden?«

»Ja und?«

»Schalte dein Hirn ein, Emil! Wieso sollte sich jemand die Mühe mit den Löchern machen, wenn ihm die Kätzchen ganz egal wären? Vielleicht sind sie ihrem Besitzer nur versehentlich verloren gegangen und er freut sich, sie wiederzubekommen.«

»Und wie willst du den Besitzer finden?«, fragt Emil.

»Erkläre ich dir gleich. Aber vorher muss ich noch etwas holen!«

Hopper und Emil auf Spurensuche

Ich lasse den verdutzten Emil stehen und trabe zu meiner Box. Da hängt sie. Meine Detektivmütze. Ich habe mir meinen nächsten Fall zwar etwas anders vorgestellt, aber was soll's. Ein guter Detektiv übernimmt jede Aufgabe.

Auf dem Hof soll man merken, dass Ponydetektiv Hopper im Einsatz ist. Geschickt angle ich nach der karierten Kappe und lasse sie mir auf den Kopf plumpsen. Jetzt bin ich bereit!

Als ich zu Emil zurückkomme, guckt er mich fragend an.

»Wie soll uns dieses Ding auf deinem Kopf weiterhelfen?«

»Erstens ist das Teil meiner Detektivausrüstung, und zweitens hat sie mir schon einmal Glück gebracht, als ich damals nach dir gesucht habe. Und Glück können wir gebrauchen.«

»Hast du etwa noch mehr Ausrüstung als das da?«, erkundigt sich Emil skeptisch.

»Selbstverständlich«, erkläre ich würdevoll, »meinen glasklaren Verstand und meinen Assistenten.«

»Und wer bitte schön soll dieser As-Dingsbums sein?«

Ich verdrehe die Augen.

»Du natürlich. Oder hast du schon vergessen, worum es geht?«

»Ich soll mit dir zusammen den Besitzer der Katzenjungen suchen?«

Ich seufze kellertief. Zu dumm, dass »Dr. Bine Watson« diesmal nicht zur Verfügung steht.

»Siehst du hier sonst noch jemanden, der infrage kommt?«

»Aber ich weiß nicht, wie man das macht«, gibt Emil zu.

»Kannst du getrost mir überlassen.«

»Und wo fangen wir an?«

Das ist der wunde Punkt. Ich habe ehrlich gesagt keinen blassen Schimmer. Aber das will ich mir nicht anmerken lassen. Schließlich bin ich der Meisterdetektiv und das will ich unter Beweis stellen. Ich beschließe:

»Wir müssen zusammentragen, was wir über die Katzen wissen.«

»Aber wir wissen doch nur, dass sie noch sehr jung sind und in dem Gebüsch neben dem Hoftor lagen«, meint Emil.

»Eben, deshalb sehen wir dort als Erstes

noch einmal nach!«, bestimme ich und gehe voran.

Zugegeben, viel Hoffnung habe ich nicht, dass wir dort weiterkommen. Doch einen Versuch ist es wert.

Vorsichtig luge ich durch die dichten Blätter. Ungefähr hier müssen der Karton und der Deckel liegen. Bine und Paula haben beides nicht mitgenommen. Ich habe keine Lust, mir noch einmal das Maul zu zerkratzen wie beim letzten Mal. Wozu habe ich einen Assistenten?

»Ich glaube, dort hinten ist die Schachtel. Kannst du die Äste so auseinanderdrücken, dass ich sie herausziehen kann?«

Emil ist prima – er schlägt sich sofort in die Büsche und stampft mit seinen Vorderhufen das Gestrüpp beiseite. Jetzt kann man die Kiste deutlich erkennen. Behutsam kicke ich sie auf den Weg. Dann beschnuppere ich sie ausgiebig und laufe einmal darum herum, damit ich sie von allen Seiten in Augenschein nehmen kann. Emil kommt wieder aus seinem Gebüsch heraus und sieht mir interessiert zu.

»Hast du schon etwas entdeckt?«

»Außer den Luftlöchern im Deckel leider nicht«, sage ich enttäuscht. »Ich habe gehofft, dass die Kiste einen Aufdruck hat, der uns mehr über den Besitzer verrät. Oder dass sie wenigstens nach etwas Auffälligem riecht.«

»Und?«

»Siehst du doch. Kein einziger Buchstabe. Es ist ein ganz normaler, brauner Karton. Davon gibt es Zigtausende in der Umgebung.«

»Riechst du denn wenigstens etwas?«

»Du kannst gerne mitschnuppern. Ich erkenne nur den Katzenmief.«

Emil saugt lautstark Luft durch seine Nüstern und schnüffelt wie ein Walross. Das ist sehr komisch, bringt uns aber leider trotzdem kein anderes Ergebnis. Schweigend stieren wir die Schachtel an. So eine schöne Spur und nichts dahinter. Ich könnte mich in den Schweif beißen. Bestimmt fragt Emil gleich wieder, was wir tun sollen, und ich habe keine Antwort darauf.

Erstaunlicherweise sagt er etwas anderes:

»Hast du schon untersucht, was *in* der Kiste liegt?«

Wie, was, wo? Ist das zu glauben? Emil hat recht, es liegt etwas in der Schachtel. Ich hätte es beinahe übersehen, weil ich so mit der Außenseite und dem Deckel beschäftigt war.

Vermutlich bin ich etwas aus der Übung. Werde ich lieber nicht zugeben!

»Äh, jaja, das wollte ich mir als Nächstes ansehen.«

Ich beuge mich sofort über den Kartonrand. Etwas Gelb-Oranges leuchtet mir entgegen. Mit den Zähnen packe ich zu und ziehe daran. Immer länger und länger wird die Wollschlange, die ich zutage fördere.

»Ein Schal«, stelle ich fest. »Derjenige, der die Katzen abgestellt hat, wollte nicht nur, dass sie Luft bekommen, sondern auch, dass sie es weich haben.«

Der gelb-orange Schal

»Wir müssen also nur herausfinden, wem der Schal gehört, dann wissen wir auch, woher die Kätzchen kommen«, meint Emil.

»Ich fürchte, so einfach wird es nicht. Der Schal könnte theoretisch jedem gehören.«

Hier ist meine Spürnase gefragt. Ich sehe mir jeden einzelnen Wollfaden haargenau an. Aber ich kann nichts ausmachen, das uns weiterbringt. Keine eingestickten Anfangsbuchstaben, keine auffälligen Haare. Ich bin mir bloß sicher, dass er gebraucht und nicht neu ist. Er hat zwar keine Löcher, aber an einigen Stellen ist die Wolle schon recht dünn und hat Fäden gezogen. Und ein paar Schmutzflecke hat das gute Stück auch. Die frischeren stammen vermutlich von den Katzenbabys, aber die eingetrockneten müssen schon vorher da gewesen sein. Was mich allerdings stutzig macht, ist ein Schal im Sommer. Wer schleppt bei dieser Hitze so was mit sich herum?

Ich teile Emil das Ergebnis meiner Untersuchung mit: »Wahrscheinlich wollte jemand dieses quietschbunte Teil ohnehin nicht mehr anziehen. Statt Altkleidersammlung hat er eben die Katzen darauf gebettet.«

»Schade drum«, findet Emil, »man hätte ihn noch prima als Fahne verwenden können, findest du nicht?«

»Als Fahne?«

»Ja, du weißt schon, auf Umzügen im Karneval oder so. Da winken die Menschen doch immer mit Fähnchen und alles ist bunt dekoriert.«

Da fällt bei mir der Groschen. Ich erinnere

mich an die festlichen Ritterturniere auf meiner Heimatburg. Jeder Ritter hatte seine eigenen Farben. Seine Kleidung, sein Schild, seine Lanze, der Schmuck seines Pferdes – kurz, einfach alles war in diesen Farben geschmückt. In der Umgebung von Gut Apfelbaum gibt es zwar keine Burg und keine Ritter, aber mir fällt etwas anderes ein, zu dem die Farben passen könnten.

»Emil, du bist genial!«, rufe ich.

»Echt?«

Emil kann es fast genauso wenig glauben wie ich. Aber er hat unabsichtlich das Rätsel des Schals geknackt. Oder besser – er hat den richtigen Anstoß gegeben. Ich muss einsehen, dass ich mehr als zufrieden mit meinem neuen Assistenten sein kann. Er stellt sich besser an, als ich erwartet habe. Und eigentlich ist er auch viel netter, als ich dachte. In harten Zeiten wie diesen kann man einen Kumpel wie ihn sehr gut gebrauchen. Ich beschließe insgeheim, von jetzt an freundlicher zu ihm zu sein. Wir müssen schließlich zusammenhalten, wenn wir Bine und Paula zurückerobern wollen.

»Ja, echt! Der Schal ist zwar nicht für Karneval, aber so ähnlich, glaube ich.« Ich gebe ihm einen sanften Stups.

»Aha, und für was genau?«

»Du wirst schon sehen, komm mit!«, sage ich.

Emil ist natürlich wahnsinnig neugierig, wo wir hingehen. Doch ich verrate nichts. Ein bisschen Geheimnis muss sein. Außerdem will ich erst sicher sein, dass ich richtigliege. Wir müssen ein ziemliches Stück laufen, bevor wir unser Ziel erreichen. Endlich taucht vor uns eine riesige Wiese auf. Sie sieht ganz anders aus als unsere Weide. Der Rasen ist einladend grün, aber millimeterkurz gemäht. Mit dicken, weißen Streifen sind Linien und

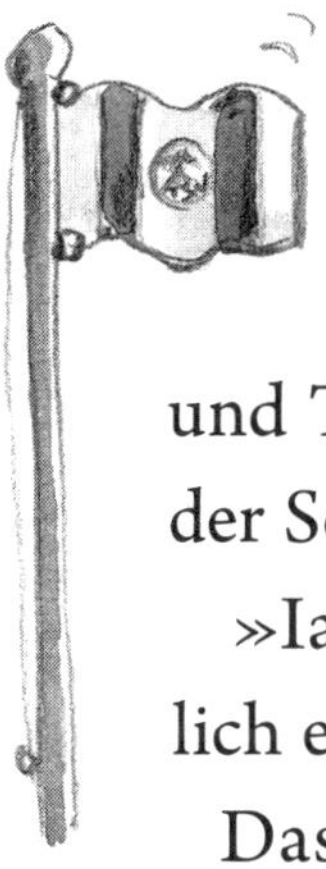

Kreise aufgemalt. Davor stehen hohe Stangen, an denen zwei Fahnen im Wind flattern. Sie sind – huhu und Tusch – gelb-orange. Haargenau wie der Schal.

»Iah-hurra«, ruft Emil, »du bist wirklich ein Meisterdetektiv!«

Das Lob macht mich ein wenig verlegen. Bislang kannte ich diesen Fußballverein nur vom Hören, weil sich ein paar Reitschüler von Apfelbaum einmal darüber unterhalten haben. Ihre Klassenkameraden und Brüder spielen dort und sie waren als Zuschauer eingeladen. Deshalb war ich mir auch wegen der Vereinsfarben nicht sicher.

Als Erstes will ich in Ruhe alles beobachten. Der Besitzer des Schals ist noch nicht entlarvt. Wir wissen bloß, wo wir suchen müssen. Neben dem Platz liegt ein kleines, flaches Gebäude. »FC Kicker« steht über dem Eingang. Hinter dem Haus können Emil und ich prima in Deckung gehen und um die Ecke spitzen. Nach und nach treffen immer mehr Jungs ein. Sie tragen gelbe T-Shirts und kurze, orange Hosen. Ich hatte gehofft, dass jeder seinen Vereinsschal um den Hals gebunden hat. Dann wäre es ganz einfach gewesen, herauszufinden, wer seinen an die Kätzchen »verliehen« hat. Aber anscheinend gehört der Schal nicht zwingend zur Fußballausrüstung, denn alle kommen ohne. Bei der Hitze verstehe ich das zwar, aber leider erschwert es meine Ermittlungen beträchtlich.

»Glaubst du, einer von denen hat die Katzen bei uns abgestellt?«, flüstert Emil, der sich hinter mir an die Hauswand drückt.

»Vermutlich«, wispere ich zurück.

»Schade, dass wir sie nicht ausquetschen können, wer seinen Schal und die Katzen vermisst«, findet Emil.

»Nein, das können wir nicht«, gebe ich zu.

Jetzt müsste Bine da sein. Sie könnte problemlos mit den Jungen reden. Aber Bine kümmert sich ja lieber um die kleinen Kratzbürsten und denkt gar nicht daran, den wahren Besitzer ausfindig zu machen. Missmutig knirsche ich mit den Zähnen. Es muss eine andere Lösung geben, um ihn zu finden. Gleichzeitig will ich auskundschaften, warum er die Kleinen in eine Kiste gesteckt hat. Es könnte ja immer noch sein, dass er ein gewissenloser Schuft ist, der die Kätzchen verhungern lassen wollte. Bevor ich das nicht ausschließen kann, bekommt er weder sie noch den Schal wieder!

Ich werde den Kerl aus der Reserve locken. Ja genau! So mache ich es! Ich muss ihn überraschen. Ihn dazu bringen, sich zu verraten. Er wird Emil und mich unterschätzen. Denken, er hätte ein leichtes Spiel mit uns, und dann können wir ihn in die Falle locken. Ein riskanter Plan, aber es könnte funktionieren.

Hopper kickt

Ich drehe mich zu Emil um und erkläre ihm meinen Einfall. Emil sieht mich ängstlich an: »Das klingt aber ganz schön gefährlich!«

»Ach was, die Jungs sind kaum älter als Bine und Paula. Mit denen werden wir schon fertig. Aber wir haben nur einen Versuch!«

»Was soll ich dabei tun?«

»Augen und Ohren offen halten und im richtigen Augenblick den Rückzug decken, verstanden?«

Emil nickt zögerlich.

Ich blicke ihm scharf in die Augen.

»He, ich muss mich auf dich verlassen können, sonst klappt es nicht. Denk daran, es geht um Bine und Paula, um unsere allerbesten Freundinnen!«

»Iah-ja, ich gebe mein Bestes, versprochen!«

»Schon besser«, sage ich und wende mich wieder dem Fußballplatz zu.

Inzwischen hat sich die komplette Mannschaft versammelt. Ein grauhaariger Mann im Trainingsanzug brüllt: »Drei Platzrunden zum Aufwärmen!«

Gehorsam laufen die Jungen los und umrunden mehrere Male das Spielfeld. Ein paar sind danach ordentlich aus der Puste. Doch der Trainer kennt keine Gnade.

Liegestütze, im Zickzackkurs über ausgelegte Hindernisse auf dem Feld, fallen lassen – über den Platz rollen und wieder aufstehen …

Fußball ist mindestens genauso anstrengend wie eine echte Dressurreitstunde, stelle ich fest. Dabei ist bis jetzt noch nicht einmal ein Ball im Einsatz. Hoffentlich kommt das bald, denn auf diesen Augenblick warte ich.

»Kannst du mir helfen, einen Knoten zu machen, damit ich ihn nachher nicht verliere?«, bitte ich Emil.

Ich habe mir den Schal um den Hals gelegt und mit einiger Mühe die Enden miteinander verschlungen. Knotenbinden ist einer der Tricks, die ich bei dem menschlichen Lord Hopkins gelernt habe. Allerdings bisher nie, um etwas an meinem Hals zu befestigen, sondern wir haben zum Abschluss unserer Show immer einen Knoten in ein übergroßes, weißes Taschentuch – eigentlich ein Bettlaken – geknüpft. Die Zuschauer sollten es uns nachmachen, damit sie an unseren nächsten Auftrittstermin denken. Es ist eine alte Tradition, dass ein Knoten im Taschentuch einen an etwas Wichtiges erinnert, das man nicht vergessen will.

Ich halte ein Ende fest und statt meines Lords muss heute Emil am anderen Ende des Schals zerren.

Nach dieser Aktion sitzt der Schal wie angegossen um meinen Hals. Zur Sicherheit tänzle ich auf der Stelle und wackle mit dem Kopf, um zu prüfen, dass er nicht verrutscht.

Inzwischen teilt der Trainer die Kicker in zwei Gruppen ein. Zum ersten Mal entsteht Unruhe.

»Ich will mit Patrick in einer Mannschaft spielen!«

»Och nö, Sebastian hält doch nie einen Ball!«

»Wieso darf ich nicht in den Sturm?«

»Das ist ungerecht, die anderen sind einer mehr!«

Emil und ich nutzen den Tumult und pirschen uns langsam an das Spielfeld heran.

Anpfiff!

Ich warte, bis mir der Trainer den Rücken zudreht. Dann erkläre ich mich selbst zum Mitspieler der Mannschaft, die einen Spieler weniger hat. Die Jungen kriegen große Au-

gen, als sie mich entdecken. Ich nutze das Überraschungsmoment und schnappe mir den Ball. Dribbeln links, Dribbeln rechts, Haken schlagen, und schon bin ich vorbei am ersten Gegner. Ein ganz Waghalsiger versucht, mir den Ball abzujagen, aber er grätscht ins Leere. Ich gebe das Leder an einen Mitspieler ab. Als der in Bedrängnis gerät, bin ich sofort wieder zur Stelle und übernehme. Vor mir taucht das Tor auf. Der Torhüter steht breitbeinig davor und klatscht in seine gepolsterten Handschuhe. Will sich bestimmt Mut machen! Ich rase auf ihn zu. Beinahe wäre ich über das runde Ding vor meinen Beinen gestolpert, kann mich aber gerade noch rechtzeitig fangen und den Ball unter Kontrolle bringen. Ich bremse ab und schätze die Entfernung. Knapp zwanzig Meter. Ich war so schnell, dass kaum einer meiner Mitspieler hinterhergekommen ist. Selbst ist das Kicker-Pony! Ich nehme Maß und schieße. In hohem Bogen fliegt der Ball auf das Tor zu. Der Torwart streckt sich lang und länger. Er fliegt meinem Geschoss entgegen. Keine Chance! Mit Volldampf landet der Ball im Netz.

»Toooooor!«, jubelt meine Mannschaft wie aus einem Mund.

»Das gilt nicht!«, rufen die anderen.

Um mich herum hat sich ein Pulk gebildet. Alle brüllen durcheinander. Da bahnt sich der

Trainer einen Weg durch die Menge. Er lacht über das ganze Gesicht und klopft meinen Hals. »Meisterhafte Beinarbeit! Daran solltet ihr euch mal ein Beispiel nehmen.«

Triumphierend werfe ich den Kopf in die Höhe. Ein braunhaariger Junge neben mir meldet sich zu Wort. Auf seinem Rücken prangt die 18.

»Kann das Pferd nicht bei uns mitspielen?«

»Ich fürchte, das geht nicht, Jonas. Wir wissen nicht mal, wo es so plötzlich herkommt.«

Jonas lässt nicht locker: »Aber es ist ein echter Fußball-Fan. Schauen Sie doch, es hat sogar unseren Schal um!«

»Der gehört ihm aber gar nicht«, meldet sich die 7 aus der anderen Gruppe zu Wort.

Ich werde hellhörig und sehe genauer hin. Deshalb kann ich beobachten, wie sein Nachbar mit der 9 ihm einen Rempler mit dem Ellenbogen verpasst.

»Wem gehört der Schal denn?«, fragt der

Trainer, aber die 7 presst die Lippen zusammen und zuckt nur noch mit den Schultern.

»Ich glaube, es ist besser, ich erkundige mich mal bei den Bauernhöfen in der Umgebung, ob dort jemand ein weißes Pony mit schwarzen Flecken vermisst. Wir machen Schluss für heute!«, verkündet der Trainer.

Zeit für den zweiten Teil meines Plans. Ich verdrücke mich zu Emil an den Spielfeldrand.

»Behalte die 9 und die 7 im Auge!«

»Die was?«, fragt Emil.

»Sag bloß, du kannst nicht zählen?«, schnaube ich zurück.

»Doch, bis drei«, behauptet Emil stolz.

Das Problem löst sich ganz von selbst, ohne dass ich Emil in aller Eile die Zahlen beibringen muss. Die beiden Jungen, die ich meine, schlendern betont harmlos auf uns zu.

»Pass auf, die führen was im Schilde!«, raune ich Emil zu.

»Komm, liebes Pferdchen«, lockt der Kleine-

re mit der 7. Er hält mir einen Lutscher hin. Die haben wirklich gar keine Ahnung von Pferden. Zucker ist verdammt schlecht für unsere Zähne. Und mir persönlich sind Gurkenstückchen lieber.

Trotzdem würde ich normalerweise zu einer Extra-Schleckerei nicht Nein sagen. Aber ich ahne, dass die beiden etwas ganz anderes vorhaben. Ich wiege sie noch ein wenig in Sicherheit und lasse sie ein Stückchen herankommen. Dann weiche ich zurück.

»He, du verrückter Gaul, bleib stehen und gib Tim seinen Schal zurück!«

Die 9 lässt die Tarnung fallen. Jetzt ist die Wahrheit raus. Wusste ich doch, dass mit den beiden was faul ist. Sie ahnen nicht, dass sie sich soeben verraten haben. Sie glauben allen Ernstes an das Gerücht vom dummen Esel und blöden Pferd. Selbst schuld!

In der Falle

Eine Weile spiele ich mit den beiden. Sie pirschen sich heran und ich sehe ihnen treuherzig entgegen. Sobald sie aber nach dem Schal greifen wollen, trete ich zurück. Und dann geht der Spaß von vorne los.

Bis Emil meint: »Genug, lass uns gehen!«

Gesagt, getan!

»Sie türmen. Was machen wir jetzt, Lukas?«, brüllt Tim panisch.

»Zu den Fahrrädern«, antwortet Lukas.

Ich kichere in mich hinein. Es läuft genauso, wie ich es mir ausgedacht habe. Denken die beiden wirklich, sie könnten uns mit so einem Drahtesel einholen? Gegen mich hat nicht einmal ein lebendiger Esel eine Chance.

Sie bemühen sich redlich. Trotzdem muss ich immer wieder das Tempo drosseln, damit ich sie nicht abhänge. Ich trabe aber schnell genug, damit sie ordentlich ins Schwitzen geraten. Sie sind so damit beschäftigt, mich nicht aus den Augen zu verlieren, dass sie gar nicht mitbekommen, wohin unsere Jagd uns führt. Ich baue noch ein paar zusätzliche Umwege ein, um sicherzugehen.

»Denk an deine Aufgabe!«, rufe ich Emil zu.

Dann poltere ich mit lautem Hufgeklapper durchs Tor. Die Jungen dicht hinter mir.

Mitten auf dem Hof halte ich abrupt an. Es fehlt nicht viel und die beiden wären mit ihren Rädern in mich hineingesaust. Ich kann gerade noch auf die Seite hüpfen. Tims Reifen quietschen. Er hat zu hastig gebremst, schlittert noch ein Stück nach vorne, verliert das Gleichgewicht und landet auf seinem Aller-

wertesten. Verdattert rappelt er sich wieder auf.

Lukas' Bremsen funktionieren besser. Er springt von seinem Rad und blickt sich staunend um.

»Wo sind wir?«, fragt Tim und reibt sich die Kehrseite.

»Du wirst es nicht glauben, dieses verrückte

Pferd hat uns nach Apfelbaum gelockt«, antwortet Lukas.

»Ach du dickes Ei, lass uns schnell abhauen, bevor uns jemand bemerkt!«

Tim hat seine Schmerzen augenblicklich vergessen und stürmt zurück zu seinem Rad. Ich wiehere so laut und durchdringend, wie ich kann. Das versetzt auch Lukas in Panik und er eilt in Richtung Tor. Aber dort steht – unüberwindbar wie eine Mauer – Emil. Sein »I-ah, i-ah, i-ah!« ist noch furchterregender als mein Wiehern, das muss ich neidlos anerkennen. Vor Schreck ergreift Tim sofort die Flucht nach hinten, stolpert über die eigenen Füße und landet erneut auf seinem Po. Lukas ist energischer und will sich an Emil vorbeidrücken. Doch Emil keilt nach vorne und nach hinten aus, dass es eine wahre Freude ist.

Endlich hat unser Getöse auch die anderen Hofbewohner alarmiert. Tante Jo poltert aus dem Haus und brüllt: »Was ist hier los?«

Gleichzeitig wird die Tür vom Heuschober aufgerissen. Paula rast zu Emil und Bine zu mir. »Ist dir etwas zugestoßen?«, will sie wissen.

Sogar Yvonne und ein paar Mädchen aus der Reithalle rauschen heran. Der Innenhof ist so gut gefüllt, dass die beiden Kicker es nicht mehr schaffen, unerkannt zu fliehen. Der Teil hat wie erwartet funktioniert. Ich drücke die Hufe, dass der Rest auch klappt.

Paula bohrt ihren Finger in Lukas' Brust. »Ihr wolltet Emil bestimmt etwas antun. Deshalb hat er so geschrien.«

»Nein, wollten wir nicht. Keine Ahnung, warum eure Viecher so schreien«, behauptet Lukas.

Tante Jo stemmt die Arme in die Hüften. »Könnt ihr mir verraten, was ihr dann auf dem Hof verloren habt?«

»Öh«, macht Tim, aber Lukas ist nicht so leicht einzuschüchtern. »Dieses verrückte Pferd hat meinem Freund den Schal gestohlen!«

Plötzlich richten sich alle Augen auf mich. Am liebsten würde ich dem Kerl einen Pferdeapfel vor die Füße setzen. Was fällt ihm ein, mich so dreist zu beschuldigen?

Tante Jo stöhnt: »Hopper, was treibst du wieder?« Mit zwei Schritten ist sie bei mir und will mir den Schal abnehmen. Ich trete zurück und wiehere erzürnt.

»Rück sofort den Schal raus!« Tante Jo droht mir mit erhobenem Zeigefinger.

Wie soll ich ihr begreiflich machen, dass nicht ich der Schurke bin? Hilfe suchend sehe ich zu Bine, aber die guckt nur ziemlich ratlos zurück. Zu dumm, sie weiß ja nicht einmal, dass ich den Katzenbesitzer suchen wollte. Wenn ich ihr das bloß sagen könnte …

Kann ich doch!

Ich senke meinen Kopf und lasse Bine meine Mütze vor die Füße rollen. Sie bückt sich, hebt sie auf, dreht sie kurz zwischen den Händen und fängt an zu strahlen.

»Ich verstehe, Hopper ist wieder als Detektiv unterwegs. Dann hat er den Schal sicher nicht gestohlen. Oder er ist ein ganz wichtiger Beweis!«

»Ich weiß nicht, ob du deinem Hopper nicht ein bisschen viel zutraust!«

War klar, Tante Jo kennt mich nicht halb so gut wie Bine. Aber wenigstens hört sie auf, nach dem Schal zu grabschen.

»Ihr glaubt nicht ernsthaft an so einen Quatsch?«, empört sich Lukas. »Das ist ein Tier und es hat den Schal geklaut und damit basta!«

Er macht Tim vermeintlich unauffällig ein Zeichen. Daraufhin bewegen sich die beiden wie in Zeitlupe rückwärts zum Tor.

»Obacht, die Kerle wollen schon wieder abhauen!«, rufe ich Emil zu.

»Schon gesehen!«, antwortet er und macht sich im Durchgang breit.

Die Wahrheit kommt ans Licht

Tante Jo und die Mädchen merken von den Fluchtgedanken zuerst nichts. Sie sind viel zu beschäftigt damit, sich einen Reim auf die Geschichte zu machen. Tante Jo vertritt immer noch die Meinung, den Schal zurückzugeben. Bine und Paula wehren sich tapfer dagegen und nehmen mich in Schutz.

Hilfe kommt von einer ganz unerwarteten Seite. Yvonne, die Reitschülerin, die mir bei meinem letzten Fall noch die Schuld in die Schuhe – oder besser gesagt – in die Hufeisen schieben wollte, meldet sich zu Wort.

»Ich glaube, Bine und Paula haben recht, irgendwas ist faul an der Sache!«

»Wieso?«, erkundigt sich Tante Jo.

»Das da«, Yvonne deutet mit dem Finger auf Tim, »ist mein Bruder. Und wenn er so eine Unschuldsmiene zieht, dann hat er meistens etwas ausgefressen.«

»Gar nicht wahr!«, verteidigt sich Tim.

Unter dem argwöhnischen Blick seiner Schwester traut er sich wenigstens nicht mehr, nach hinten auszubüxen.

»Wenn ich bloß wüsste, wo ich diesen Schal schon einmal gesehen habe«, sagt Bine.

Es wird Zeit, dass ich ihr einen Schubs gebe, damit sie sich erinnert. Behutsam versuche ich sie mit dem Maul in Richtung Heuschober zu schieben. Bine krault meinen Hals.

»Lieb, dass du daran denkst, aber die Kätzchen müssen kurz warten, bis wir das hier geklärt haben.« Da reißt sie die Augen auf. »Moment mal, die Kätzchen! Mensch, Paula, erinnerst du dich an die Unterlage in der Kiste? Die war doch auch knallgelb-orange, oder?«

Paula nickt eifrig: »Jetzt, wo du es sagst …«

Wie eine Furie heizt sie auf Tim und Lukas zu. »Ihr beiden habt die Katzenbabys im Busch versteckt!«

Selbst Lukas hat es die Sprache verschlagen.

»Leugnen ist zwecklos«, ruft Paula, »ihr seid aufgeflogen!«

»Bloß, weil du unbedingt deinen Schal unterlegen musstest«, zischt Lukas.

»Wir hatten nichts anderes dabei und sie mussten es doch wenigstens bequem haben«, verteidigt sich Tim.

Tante Jo schüttelt fassungslos den Kopf: »Ihr habt also tatsächlich die Katzenjungen bei uns ausgesetzt?«

»So war das nicht!« Tim fängt fast an zu weinen. »Lukas hat gesagt, dass sie bei euch auf dem Hof gut untergebracht sind und sie bestimmt jemand finden wird!«

»Halt die Klappe!«, knurrt Lukas. »Schuld an allem ist sowieso Susi!«

»Welche Susi?«, will Bine wissen.

Yvonne schaltet sich wieder ein: »Meinst du etwa die Susi von gegenüber, die in meine Klasse geht?«

»Ja-a«, gibt Tim gedehnt zu.

Die Schwester bohrt weiter nach: »Dann sind das ihre Katzen?«

»Irgendwie schon«, gibt Tim zu.

»Was heißt hier irgendwie, ich will jetzt die

ganze Wahrheit hören, und zwar ausführlich von Anfang an, verstanden!« Tante Jos Forderung lässt keinen Widerspruch zu. Ich beglückwünsche mich. Mein zweiter Fall steht kurz vor der Aufklärung. Genauso neugierig wie der Rest lausche ich den stockenden Ausführungen der beiden Jungen.

Ballverlust und Katzenjammer

Tim holt tief Luft und fängt an zu erzählen: »Wir haben uns bei mir im Hof getroffen, um Elfmeter zu üben. Ich stand zwischen den Eisenpfosten der Teppichstange im Tor und Lukas schoss.«

»Ihr und euer bescheuerter Fußballtick!« Yvonne verdreht die Augen. »Was soll das denn mit den Katzen zu tun haben?«

Ich würde die Jungen gerne in Schutz nehmen. Seit meinem Fußballeinsatz heute sehe ich sofort ein, wie wichtig so ein Extra-Training ist. Wer ein Tor schießen will, der muss ebenso üben wie Pony und Reiter für ein Turnier. Es sei denn, er ist ein Naturtalent wie ich. O.k., sogar mir könnte ein klein wenig Feilen an der Technik nichts schaden. Bevor ich mich weiter in den Träumen meiner neuen Karriere verliere, reiße ich mich lieber zusammen. Schließlich will ich wissen, was geschehen ist.

»Tim hat einen Ball nicht gehalten«, sagt Lukas.

»Du hast viel zu scharf geschossen, der hatte bestimmt hundert Sachen drauf, mindestens«, verteidigt sich Tim. »Deshalb flog der Ball meilenweit über das Tor und landete in hohem Bogen in einem Fenster. Zum Glück war es offen, sonst wäre die Scheibe zu Bruch gegangen.«

»Ist sie aber nicht!«, betont Lukas.

»Glück gehabt«, sagt Tante Jo trocken. »Und weiter?«

»Na ja«, gibt Tim zu, »zuerst wollten wir uns verdrücken, um keinen Ärger zu kriegen. Aber ohne Ball hätten wir nicht weiterspielen können. Ich wusste, dass dort die Familie von Susi wohnt. Und da dachte ich, wir klingeln einfach und bitten sie, uns den Ball zurückzugeben.«

Lukas schimpft: »Ja, aber die Kuh wollte ihn nicht rausrücken! Hat behauptet, sie müsste erst ihre Mutter fragen.«

»Kuh sagt man nicht«, mahnt Bine.

»Ach, und wie würdest du jemanden nennen, der dir deine Reitkappe nicht wiedergibt oder irgendeinen anderen Krempel, den du zum Reiten brauchst?«

»Wir passen auf unsere Sachen eben besser auf«, behauptet Yvonne hoheitsvoll.

»Hört auf zu streiten«, befiehlt Tante Jo, »mich würde immer noch interessieren, was das alles mit den Katzenjungen zu tun haben soll.«

Würde mich auch interessieren! Allerdings

verstehe ich sehr gut, warum die Jungen so sauer waren. Ohne Ball war mit dem Fußballspielen erst mal Essig.

»Wir wollten uns an Susi rächen«, gibt Tim zu. »Weil wir am nächsten Tag immer noch blöd im Innenhof rumhocken mussten und nicht spielen konnten.«

»Ganz genau«, sagt Lukas grimmig, »und die Gelegenheit dazu ist uns quasi vor die Füße gelaufen. Nämlich Susis heiß geliebte Katze Nima. Ich fand, Katze gegen Ball ist ein faires Tauschangebot.«

»Ihr habt das arme Tier einfach gefangen genommen?« Bine ist fassungslos vor Entsetzen.

»Klar, war gar nicht schwer, sie zu erwischen«, prahlt Lukas. »Hatte ein paar Kilo Übergewicht, die Gute.«

Tim ergänzt: »Aber sie hat sich ziemlich gewehrt.

Und als wir durchs Treppenhaus rüber zu Susi laufen wollten, hat sie es geschafft, sich freizustrampeln.«

Sehr verständlich, finde ich. Warum sollte sich Nima auch für so eine gemeine Erpressung hergeben? Wir Tiere haben schließlich auch unsere Würde!

»Sie ist in den Keller geflohen«, erzählt Tim weiter. »Und hat sich hinter dem Heizungsrohr versteckt. Wir konnten sie nicht wieder rauslocken, weil sie gefaucht hat wie ein ausgewachsener Tiger.«

»Sie hat sogar mit den Krallen nach uns geschlagen«, bestätigt Lukas.

»Und auf die Idee, Susi zu holen, seid ihr beiden Helden nicht gekommen«, bemerkt Tante Jo säuerlich.

»Na ja«, gibt Lukas zu, »zuerst fanden wir es gar nicht so schlecht, dass sie sich ein paar Sorgen machen muss. Und dann war es zu spät dafür ...«

Mir tut diese Susi schrecklich leid. Bine würde bestimmt halb wahnsinnig, wenn ich auf einmal weg wäre. Das gilt umgekehrt übrigens ganz genauso. Immerhin hat wenigstens Tim ein ziemlich schlechtes Gewissen. Das sieht man ihm an.

»Ich habe ihr von meinem Taschengeld Katzenfutter besorgt und ein Schälchen Wasser hingestellt, damit sie es gut hat.«

Na, kein Wunder, finde ich, dass die Katze nicht heimgelaufen ist. Sie wurde versorgt und hatte gleichzeitig ihre Ruhe. Aus Erfahrung vom letzten Frühling weiß ich, dass trächtige Stuten es zu schätzen wissen, vor der Geburt ungestört zu sein. Metzgermeister Wutigs Stute Hanne hat mir das erzählt. Warum sollte das bei Katzen anders sein? Allerdings haben Tim und Lukas zunächst gar nicht erkannt, was mit der Katze los war. »Erst, als ich Nima wieder mal Fressen hinstellen wollte, habe ich die Katzenbabys entdeckt«, erklärt Tim weiter.

»Sie muss sie in der Nacht vorher bekommen haben.«

Lukas nickt: »Ja, und da wollten wir sie heimlich zurückbringen. Aber es ging nicht. Nima hat noch mehr gefaucht und gekratzt als vorher. Es war kein Rankommen.«

»Und dann«, Tim muss eine kurze Pause machen, weil seine Stimme so zittert. »Und dann – also – bei unserem nächsten Besuch, war Nima plötzlich verschwunden. Die Kleinen haben geschrien wie am Spieß.«

»Oh nein«, ruft Paula dazwischen. »Wo ist sie hin?«

»Keine Ahnung«, sagt Lukas. »Aber es muss ihr etwas passiert sein, denn vorher hat sie ihre Jungen niemals aus den Augen gelassen.«

Mir ist ganz flau im Magen vor Mitleid. Die armen Kleinen. Zuerst werden sie heimtückisch entführt und dann geht ihnen auch noch die Mutter verloren.

Ich bin nicht der Einzige, dem es so geht.

Bine brüllt die beiden Jungen an: »Spätestens jetzt hättet ihr den Kätzchen helfen müssen!«

»Das haben wir doch auch«, verteidigt sich Tim. »Wir waren uns sicher, dass ihr auf Apfelbaum genau wisst, wie man sich am besten um sie kümmert. Yvonne erzählt ständig, wie gut es alle Tiere hier haben.«

»Wenigstens in dem Punkt habt ihr euch nicht geirrt«, knurrt Tante Jo. »Obwohl die Kleinen es mit Katzenmutter deutlich leichter gehabt hätten. Und ihr hättet endlich der armen Susi Bescheid geben müssen!«

»Wir dachten, dass es sich schon irgendwann zu ihr rumspricht, dass ihr die Jungen gefunden habt. In der Schule oder so. Ihr Mädchen quatscht doch immer über alles«, murmelt Lukas.

»Das habt ihr euch ja fein ausgedacht, ihr Feiglinge«, zischt Paula.

Tim lässt kleinlaut die Schultern hängen: »Ihr werdet uns doch nicht verraten?«

»Du träumst wohl!«, lacht Yvonne höhnisch. »Du kannst dich schon mal auf eine ordentliche Strafpredigt von Mama und Papa einstellen!«

»Nicht nur das«, pflichtet Tante Jo bei. »Ihr werdet euch gefälligst persönlich bei Susi entschuldigen. Was ihr gemacht habt, ist so mit das Schlimmste, was man einem Tierbesitzer antun kann.«

»Aber unser Ball …«, wirft Lukas trotzig ein.

»Der Verlust eures Balls ist nichts im Vergleich zu den Ängsten, die Susi ausgestanden hat«, sagt Tante Jo. »Einen Gegenstand kann man nicht mit einem Lebewesen vergleichen.«

»Außerdem habt ihr euren Ball verschossen. Ihr seid also selbst schuld, dass er weg ist«, findet Paula.

»Was machen wir denn jetzt mit den beiden Übeltätern und den Kätzchen?«, fragt Bine Tante Jo.

»Als Erstes brauche ich Susis Telefonnummer, damit ich sie anrufen und ihr sagen kann, dass wir die Katzenbabys gefunden haben. Wahrscheinlich werden wir ihr mit der Versorgung in den ersten Wochen weiterhin helfen müssen. Alle zwei Stunden füttern und putzen ist für sie allein kaum zu schaffen, es sei denn, ihre Eltern springen mit ein.«

Tante Jo und Yvonne verschwinden mit den beiden Jungen im Schlepptau ins Haus. Die anderen Reitschülerinnen trollen sich ebenfalls, nachdem es keine Sensationen mehr zu sehen und zu hören gibt. Bine und Paula stürmen zurück zu den armen Katzenjungen.

»Das haben wir jetzt davon«, seufzt Emil. »Wir haben den Fall aufgeklärt und trotzdem kümmert sich niemand um uns.«

Mein Stolz und meine gute Laune sind durch diese Kleinigkeit nicht zu erschüttern.

»Wart's ab! Wenn erst diese Susi mit ihren Eltern auftaucht, dann hat sich der Rummel um unsere Kratzbürsten schnell erledigt. Und wir bekommen nicht nur Bine und Paula zurück, sondern eine dicke Belohnung obendrauf.«

Es kommt anders …

Mitten in meine zufriedene Hochstimmung ertönt ein gellender Schrei. Emil und ich stellen sofort alarmiert die Ohren auf.

»Das war Bine!«, wiehere ich und trabe zum Heuschober.

Im Türrahmen tauchen unsere Freundinnen auf. Bine sieht völlig verzweifelt aus und Paula laufen sogar ein paar Tränen über die Wangen.

»Die Kätzchen sind weg«, würgt Bine hervor.

Ich drücke meinen Kopf an ihre Schulter, um sie zu trösten. Egal wie wenig ich für diese Mini-Tiger übrighabe, aber meine Freundin so traurig zu sehen, zerreißt mir das Herz. Gedankenverloren krault Bine mich hinter den Ohren. »Wenigstens bist du noch da, Hopper. Aber was wird Susi sagen, wenn wir ihre kleinen Katzen verbummelt haben?«

Tante Jo kommt zurück in den Innenhof. »Susi wird in einer Stunde da sein. Sie hat sich riesig gefreu… äh – Ihr seht ja aus wie drei Tage Regenwetter.«

Stumm hebt Paula den leeren Katzenkorb in die Höhe.

»Habt ihr wirklich überall nachgesehen?«, fragt Tante Jo.

Bine und Paula nicken.

»Sie sind einfach spurlos verschwunden«, jammert Paula und Bine ergänzt: »In der Eile vorhin haben wir die Tür vom Heuschober offen gelassen. Wahrscheinlich sind sie rausgeschlüpft und irren schutzlos umher.«

»Dann müssen wir alle zusammentrommeln und gemeinsam suchen!«

Tante Jo setzt ihren Vorschlag sofort in die Tat um. Jeder auf Apfelbaum hat ein bestimmtes Fleckchen unter die Lupe zu nehmen. Jeder Baum, Strauch und Grashalm soll nach den Katzenjungen umgedreht und durchleuchtet werden. Tim und Lukas müssen zur Wiedergutmachung ebenfalls mit ran.

»Ihr kommt mit mir zu den Apfelgärten«, bestimmt Tante Jo. »Damit ich euch im Auge behalten kann und ihr nicht versucht, euch zu verdrücken.«

Yvonne und die anderen Reitschülerinnen übernehmen den Offenstall und den Innenhof. Bine und Paula wollen sich die Felder bis zum Waldrand vornehmen.

Zum Schluss wendet sich Tante Jo an Emil und mich.

»So, ihr beiden Spürnasen. Nachdem ihr so erfolgreich die Besitzerin der Kätzchen gefunden habt, helft ihr hoffentlich kräftig mit?«

Ohne eine Antwort abzuwarten, drängt sie

die beiden Jungen und die Übrigen zum Aufbruch. Als sie weg sind, fragt Emil: »Sollen wir das wirklich tun? Eigentlich haben wir unser Ziel erreicht, oder? Die Freundinnen-Diebe sind weg.«

Grundsätzlich hat Emil zwar recht. Trotz

allem kann ich nicht glauben, dass er so herzlos ist. »Hast du nicht mitbekommen, wie unglücklich Bine und Paula sind?«

»Doch«, gibt Emil zu.

Ich setze noch ein Argument obendrauf: »Und Tante Jo hat uns unseren ersten offiziellen Auftrag erteilt. Das werde ich mir nicht entgehen lassen. Ich für meinen Teil werde den Menschen endgültig beweisen, dass Ponys die besseren Detektive sind, egal ob du mitmachst oder nicht!«

»Schon gut, beruhige dich. Ich finde ja auch, dass wir die Kleinen nicht ihrem Schicksal überlassen können«, sagt Emil.

Ich bin echt froh, dass der Esel mich nicht im Stich lässt. Inzwischen habe ich mich sehr an seine Hilfe gewöhnt und muss zugeben, mit ihm zusammen ist es um einiges leichter.

Mein Magen knurrt laut und vernehmlich. Es wäre längst Zeit für eine kleine Zwischenmahlzeit. Ich habe seit heute Mittag keinen Bissen mehr gegessen. Emil grinst mich schief an: »Du brauchst wohl erst eine Stärkung, bevor wir anfangen können?«

Kurz überlege ich. Die Aussicht auf ein Gurkenstück oder wenigstens ein paar saftige Grashalme ist sehr verlockend. Tapfer kämpfe ich gegen den Hunger an. Ein guter Detektiv vertrödelt seine Zeit nicht mit Essen. Nicht, wenn er einen eiligen Fall zu lösen hat. Bald wird Susi auftauchen und von dem Unglück erfahren, wenn wir die Kleinen bis dahin nicht gefunden haben.

Energisch schüttle ich den Kopf: »Nein, erst die Arbeit!«

»Beginnen wir wieder am Tatort?«, fragt Emil.

Ich werfe einen Blick in die halbdunkle Scheune, vor deren offener Tür wir immer noch stehen. Sie ist bis unters Dach voll mit Heu- und Strohballen.

Heu ist hauptsächlich getrocknetes Gras und unser Vorrat für den Winter, wenn es auf den Weiden nicht mehr genügend zum Fressen gibt. Mit den getrockneten Strohhalmen, die bei der Getreideernte übrig bleiben, werden unsere Boxen im Stall eingestreut. Man kann es zwar notfalls auch fressen, aber es ist hart und stachelig. Mir schmeckt es nicht besonders gut.

Am Boden der Scheune haben Bine und Paula alles für sich und die Katzenjungen hergerichtet. Ich erkenne die zerwühlten Schlafsäcke, die Milchpulverdosen vom Tierarzt, zwei Wasserkanister, einen Wasserkocher, einen großen Wecker, jede Menge Decken und Kissen zum Warmhalten und das umgestürzte Körbchen.

Ganz schön leichtsinnig und dumm von den Katzenjungen, dieses gemütliche Fleckchen zu verlassen. Bine und Paula haben sich so aufopfernd um sie gekümmert und sogar Emil und mich ihretwegen vernachlässigt. Und was machen diese undankbaren Kratzbürsten? Büxen einfach bei der erstbesten Gelegenheit aus.

Hinweise auf den Verbleib der Katzenjungen kann ich nicht entdecken. Bine und Paula haben jeden Winkel des kleinen Lagers abgesucht und dabei leider mögliche Fährten verwischt. Wenn es überhaupt welche gab. Die Kätzchen sind noch so klein und leicht, dass sie kaum Tapser hinterlassen haben werden. Umso erstaunlicher, dass sie mit ihren winzigen Stummelbeinchen so flink entwischen konnten.

Auf dem Gelände von Gut Apfelbaum herrscht mittlerweile das Chaos. Überall wuseln Leute herum, spähen hinter jede Ecke und durchsuchen jeden Winkel. Jeder neu ankommende Reitschüler wird sofort mit eingespannt. Nichts dagegen zu sagen, außer dass sie nicht besonders gut organisiert vorgehen.

»Hast du gesehen«, raune ich Emil zu, »jetzt haben sie schon zum dritten Mal unter die Regentonne geguckt.«

Der Esel schnaubt verächtlich: »Ja, dafür hat sich noch keiner die Mühe gemacht, in die Regenrinne zu sehen. Jedenfalls nicht, seitdem ich das Treiben beobachte.«

Eine böse Ahnung

Plötzlich fällt mir auf, dass Emil und ich nicht die Einzigen sind, die dem Trubel zusehen. Auf der Gartenbank vor Tante Jos und Onkel Ottos Haus sitzt eine dicke Gestalt, die mir erschreckend bekannt vorkommt. Metzgermeister Wutig. Er hat sich ein Pfeifchen angezündet und denkt offensichtlich gar nicht daran, sich den Suchtrupps anzuschließen. Im Gegenteil. Er wiegt belustigt den Kopf hin und her und grinst hämisch, wenn eines der Kinder an einem besonders ungewöhnlichen Ort nachschaut.

Als zum vierten Mal ein Junge auf die Regentonne zusteuert, ruft der Metzger laut:

»Glaubt ihr wirklich, dass die kleinen Mistviecher ein Bad genommen haben?«

Der Junge – er heißt Alex, glaube ich – wirbelt herum und geht einen Schritt auf den Pfeifenqualm zu. »Wenn Sie sich so gut auskennen, warum helfen Sie uns dann nicht beim Suchen, Herr Wutig?«

Ich finde Alex sehr mutig. Normalerweise machen nicht nur wir Tiere einen großen Bogen um den Metzgermeister. Es ist zwar nach der Geburt von Hannes Fohlen eine Weile besser geworden, aber inzwischen läuft Wutig wieder genauso griesgrämig über den Hof. Er schnauzt jeden an, der ihm zu nahe kommt, oder lacht die Mädchen aus, die allzu zärtlich mit uns Ponys umgehen. »Ein Pferd ist doch kein Kuscheltier«, sagt er ständig. Mit seinem roten Gesicht, seinen tellergroßen Händen und seiner peitschenden Reitgerte flößt er auch den meisten Reitschülern Respekt ein. Aber dieser weizenblonde Kerl lässt sich nicht mal durch Wutig einschüchtern. »Ha, ha!«, macht der Metzger. »Warum sollte ich suchen, was *ich nicht* verloren habe?«

Emil ist über diese Bemerkung genauso verwirrt wie ich und wispert: »Was soll das heißen?«

»Keine Ahnung, aber es klingt nicht freundlich. Besonders nicht, wenn es von einem Metzger kommt«, sage ich.

»Meinst du, er weiß, wo die Katzen stecken?«

Ich schüttle die Mähne. »Woher sollte Wutig das wissen?«

Aber Emil lässt nicht locker: »Weißt du, wie lange er schon da auf der Bank hockt? Vielleicht hat er genau beobachtet, wo die Jungen hin sind, und macht sich jetzt einen Spaß daraus, unsere vergeblichen Bemühungen zu kommentieren.«

Ich verstehe langsam, worauf Emil hinauswill. »Du meinst, er hält das für so eine Art Ostereiersuche?«

Emil nickt.

Ausgeschlossen ist das nicht. Ich würde Metzgermeister Wutig so manches zutrauen. Ich kann mir seine diebische Freude über unsere Verzweiflung vorstellen. Und später, wenn alle kurz vor dem Aufgeben sind, zieht er dann mit seinem brüllenden Gelächter die Kätzchen hervor. Wie ein Magier ein Kaninchen aus dem Hut zaubert.

Ja, genau so könnte er seine Anspielungen gemeint haben.

Alex scheinen ähnliche Gedanken zu bewegen und er fragt nach: »Sie mögen Katzen wohl nicht?«

»Oh doch, als Salami aufs Brot mag ich Katzen sogar sehr!«, grölt Wutig.

Das ist zu viel für Alex. Er macht auf dem Absatz kehrt und läuft zu seinen Freunden zurück. Er bekommt gar nicht mehr mit, wie sich der Metzger vergnügt mit der Hand über den Bauch reibt.

Entsetzt stupse ich Emil an: »Ich wette, das meint er ernst. Die Katzenjungen sind gar nicht von sich aus abgehauen, sondern er hat sie sich zum Abendessen geholt!«

»Das haben die Kleinen nicht verdient. Wir müssen sie retten! Wo könnte er sie bloß versteckt haben?«

Mein Blick fällt auf eine große Sporttasche, die unter der Bank steht. Das mir die nicht früher aufgefallen ist! Täusche ich mich oder bewegt sich das Gepäckstück sanft hin und her? Als ob – mir stockt der Atem – als ob sich ein paar Katzenjunge im Schlaf rekeln! Diese

Ahnungslosen haben noch nicht bemerkt, dass ihr Schicksal besiegelt ist.

»Die Tasche«, keuche ich, »er hat die Katzen darin versteckt.«

»Dann müssen wir ihm die Tasche wegnehmen«, meint Emil.

Einfacher gesagt als getan. Von den Auftritten mit meinem Lord weiß ich, wie man jemandem unauffällig etwas stibitzt. Einen kleinen Gegenstand aus der Jackentasche holt, wenn derjenige abgelenkt ist. Aber so einen großen?

Vor allem braucht man jemanden, der das Ablenken übernimmt. Denn daraus besteht die Taktik. Zuerst wanzt sich einer unauffällig an die Zielperson heran, dann lenkt der zweite dessen Aufmerksamkeit auf sich und – schwupp – kann man zuschlagen. Der menschliche Lord Hopkins hatte zu diesem Zweck allerlei Zaubertricks und Jonglierkunststücke auf Lager. Die Leute waren so fasziniert, wenn er ein Geldstück hinterm Ohr verschwinden oder fünf Bälle gleichzeitig in der Luft kreisen ließ, dass ich leichtes Spiel hatte. Dummerweise ist mein Lord nicht da und ohne ihn …

»Gibt es irgendetwas, das du kannst?«, frage ich Emil. »Ich meine, so was wie jonglieren oder zaubern?«

Zuerst schüttelt Emil bedauernd den Kopf. Doch dann erhellt sich seine Miene. »Doch, ich kann Musik machen!«

»Musik«, sage ich skeptisch. »Bist du sicher? Wir brauchen ein einwandfreies Ablenkungsmanöver, sonst klappt es nicht.«

»Lass mich nur machen!«, erklärt Emil.

Er klingt sehr überzeugt. Ich bin mir weniger sicher, dass der Metzger ein großer Fan von Eselsmusik ist. Aber es ist die einzige Möglichkeit, also müssen wir es versuchen.

Der erste Teil ist noch nicht der schwierigste, aber mit Abstand der, der mich am meisten Überwindung kostet. Ich muss mich an Metzgermeister Wutig heranmachen und so tun, als ob ich mich dringend von ihm streicheln lassen will. Brrr! Schon bei der Vorstellung, mir von seinen Pranken den Hals tätscheln zu lassen, stehen mir alle Mähnenhaare zu Berge. Doch es hilft nichts, nur so kann ich mich in der Nähe der Tasche in Stellung bringen.

Widerwillig schreite ich auf den Metzgermeister zu und strecke ihm den Hals entgegen.

»Was willst du von mir, Hopper?«

Wutigs erstaunter Tonfall verrät mir, dass er keine Ahnung hat, was ich vorhabe. Gut so, jetzt nur nicht aus der Rolle fallen! Ich reibe leicht meinen Kopf an seinem Oberarm und gebe mir Mühe, ein wohliges Schnauben hinzubekommen. Hoffentlich versteht dieser grobe Klotz überhaupt, was ich damit ausdrücken will.

»Oje, du musst dich ganz schön vernachlässigt fühlen, wenn du dir sogar von mir deine Schmuseeinheiten abholen willst. So nahe lässt du mich doch sonst nie an dich ran.«

Erstaunlich klug, dieser Metzger. Hätte nicht gedacht, dass er meine bisherige Zurückhaltung überhaupt bemerkt hat. Er klopft mir den Hals und krault meine Mähne. Es tut überhaupt nicht weh! Mit halb geschlossenen Augen lasse ich mir alles gefallen. Gleichzeitig taste ich mit dem Hinterhuf nach der Tasche. Als ich einen Widerstand spüre, trete ich vorsichtig nach und versuche sie ein Stück unter der Bank hervorzuschieben. Ganz schön schwierig, denn ich will weder die Kätzchen verletzen noch von Wutig ertappt werden.

Wie bestellt, setzt in diesem Augenblick ein ohrenbetäubender Krach ein. Obwohl, wenn ich ehrlich bin, hat dieser Krach einen ziemlich guten Rhythmus. Wumm, chaka chaka, wumm, chaka, chaka, wumm, wumm, skratsch …

Emil macht seine Sache hervorragend. Er hat Tante Jos Blechschubkarre umgekippt und bearbeitet sie mit den Vorderbeinen. Zwischendrin dengelt er mit dem einen Hinterhuf gegen die Regentonne. Den anderen hat er auf den Rechen gestellt und kratzt damit über den Boden.

»I-i-i-ah-a, i-i-i-ah-a!", singt er dazu.

Über seine Singstimme sollten wir noch einmal reden, aber der Rest zuckt sofort in den Beinen. Das findet auch der Metzgermeister. Er ist begeistert aufgesprungen, schunkelt und klatscht mit.

Meine Gelegenheit! Hinter seinem Rücken schnappe ich mir die Henkel der Tasche und gebe Vollgas.

Metzgermeister Wutigs Tasche

Völlig außer Atem komme ich bei unserer Weide an. Keine Ahnung, ob Wutig den Diebstahl schon bemerkt hat. Andererseits – ist das überhaupt ein Diebstahl, wenn man einem Dieb etwas wieder abjagt? Interessante Frage. Doch darüber werde ich später nachdenken. Jetzt muss es schnell gehen. Schon den Kätzchen zuliebe.

Kira taucht auf der anderen Seite des Zauns auf.

»Wieso rennst du bei dieser Hitze freiwillig wie ein Irrer? Und was willst du mit dieser Ta…«

»Gut, dass du da bist«, unterbreche ich sie.

»Kannst du die Tasche kurz halten? Mit ihr komme ich nicht über den Zaun.«

Ohne eine Antwort abzuwarten, drücke ich sie ihr ins Maul, gehe ein Stück zurück und setze zum Sprung an. Ich habe jetzt keine Zeit, mich lange mit dem Riegel abzuplagen.

Uff, entweder ist der Zaun höher geworden oder ich habe Sprungkraft eingebüßt. Kein Wunder, dass die anderen Ponys nicht darüberspringen können. Selbst ich schaffe es nur mit Mühe und Not und bleibe beinahe mit dem linken Hinterbein hängen. Die Holzlatte vibriert bedenklich.

»Erklärst du mir jetzt endlich, was los ist?«, fordert Kira ungeduldig.

»Gleich, gleich, zuerst müssen wir die anderen zusammentrommeln. Auch die Privatpferde. Ich will die Geschichte nur einmal erzählen. Wir treffen uns beim Unterstand am Zaun.«

Ich packe die Tasche und bete, dass Kira

halbwegs begriffen hat, wie eilig wir es haben. Meine Sorge ist unbegründet. Auf Kiras Neugier ist wieder einmal voll und ganz Verlass. Wie eine Marktschreierin wiehert sie über die Weide und treibt die anderen Pferde zusammen. Die Herde umringt mich, und alle Ohren sind gespitzt, als ich von den Katzenjungen berichte. Die meisten haben von unseren Neuankömmlingen noch gar nichts mitgekriegt, deshalb weihe ich sie kurz in die Vorgeschichte über das Auftauchen und Verschwinden der Kleinen ein.

Mittendrin kommt Emil an.

»Lass mich rein!«, ruft er vom Gatter, weil er nicht über die Abgrenzung hüpfen kann.

»Hat Wutig mitbekommen, dass wir die Tasche haben?«, will ich wissen, weil davon abhängt, wie viel Zeit uns noch bleibt.

»Solange ich musiziert habe, nicht. Könnte aber sein, dass er es inzwischen gemerkt hat«, kichert Emil.

»Dann bleib lieber draußen und steh Schmiere!«, bitte ich ihn.

»Ich soll was?«

Ich seufze. So hilfreich Emil ist, unsere Detektivsprache muss er noch lernen. »Du sollst Wache halten und Bescheid geben, wenn Wutig auftaucht.«

»Wieso soll der Esel uns warnen, wenn mein Herrchen kommt?«

Die Stute des Metzgermeisters ist ganz nah an die Absperrung zwischen der Privat- und der Schulweide getreten und mustert mich argwöhnisch.

»Weil das hier«, ich deute mit einer Kopfbewegung nach unten, »seine Tasche ist.«

»Das weiß ich, aber warum habt ihr sie gestohlen?«, fragt Hanne streng.

»Genau genommen haben wir sie nicht gestohlen, sondern in Sicherheit gebracht«, erkläre ich hoheitsvoll.

»Faule Ausrede«, schnaubt sie wütend zurück.

Langsam werde ich sauer. Hanne müsste doch am besten wissen, was für ein gemeiner Kerl Wutig ist.

»Dein feines Herrchen hat die Katzenbabys entführt, in diese Tasche eingesperrt und will sie heute zum Abendessen verspeisen.«

»Waaaas?«

Kira wiehert laut. Fiora, Brombeere und Juli weichen entsetzt einen Schritt zurück. Und selbst Amato bleibt vor Schreck das Maul offen stehen.

»Ihr habt richtig gehört. Und deshalb müssen wir die Katzenjungen beschützen, bis Susi kommt und sie mitnimmt!«, fordere ich.

Dazu sind sofort alle bereit und stellen sich wie ein schützender Wall um die Tasche. Nur Hanne will es immer noch nicht wahrhaben.

»Ich glaube kein Wort von diesem Lügenmärchen!«

Arme Hanne! Es ist bestimmt schrecklich, die Stute des Oberschurken von Apfelbaum zu sein. Ich würde sie gerne ein wenig trösten: »Keine Sorge, niemand denkt schlecht von dir, bloß weil dein Mensch so ein Schuft ist.«

»Darum mache ich mir keine Sorgen, sondern ihr tut meinem Herrchen unrecht!«

»Schon gut, du musst bei der Verteidigung gegen ihn ja nicht mithelfen«, schlage ich vor.

»Kapier doch, Hopper. Ich wäre die Erste, die diese Babys mit allen vier Hufen verteidigen würde!« Zärtlich stupst sie ihr Fohlen an, das dicht gedrängt neben ihr steht. »Niemand von euch weiß besser als ich, wie dringend die

Neugeborenen den Schutz einer Mutter brauchen. Aber Wutig hat ganz sicher nicht vor, den Kleinen auch nur ein Haar zu krümmen!«

»Ach«, schnaubt Kira, »und wieso hat er sie dann in seiner Tasche versteckt?«

»Woher willst du das wissen?«, schnauft Hanne zurück. »Hast du sie in der Tasche gesehen?«

»Nein, aber Hopper hat doch gesagt, dass …«, entgegnet Kira.

»Na klar, und wenn Hopper das sagt, muss es natürlich stimmen«, meint Hanne höhnisch.

»Dann lass uns nachsehen«, schlägt Amato vor.

Alle Augen wandern zwischen mir und der Tasche hin und her.

»Nur zu«, grummle ich beleidigt, weil sie mir nicht vertrauen. »Macht doch auf und guckt nach.«

»Stell dich nicht so an, Hopper«, lässt sich Brombeere vernehmen. »Du weißt genauso gut wie wir, dass du der Einzige bist, der diesen Reißverschluss aufbekommt!«

Juli drängelt ebenfalls: »Komm schon, wir wollen doch bloß sehen, ob es den Katzenbabys gut geht und sie genug Luft bekommen!«

Diesen Argumenten habe ich nichts entgegenzusetzen. Der Reißverschluss ist allerdings eine echte Herausforderung. Mit den Zähnen bekomme ich den winzigen Schiebergriff nicht zu fassen. Zornig sehe ich mir den Metallnippel genauer an. Vorne hat er ein kleines Loch – man könnte also – ja, das müsste funktionieren. Ich suche mir einen dünnen, biegsamen Ast, der genau durch diese Öffnung passt. Ihn hindurchzuschieben, ist ungefähr genauso schwierig, wie einen Faden in ein Nadelöhr einzufädeln. Erst nach einigen Fehlversuchen gelingt es mir. Jetzt kann ich die beiden Astenden packen, zusammendrücken und an meiner selbst gebastelten Schlaufe ziehen. Stückchen für Stückchen öffnen sich die kleinen Zähne des Reißverschlusses und geben das Innere der Tasche frei.

Die Hälse meiner Pferdefreunde werden lang und länger. Jeder will die Katzenjungen als Erstes entdecken und sie bei uns auf der Weide begrüßen. Aber sosehr wir uns auch die Köpfe verrenken, erst mal sehen wir nichts. NICHTS!?

Ende gut?

Ich habe erwartet, dass die Kätzchen aus ihrem Gefängnis purzeln würden. Dann sollten sie mir dankbar über das Maul schlecken, weil ich sie aus den Klauen von Wutig befreit habe. Unter dem Jubel und Beifallgewieher meiner Freunde wollte ich sie zu ihrem Frauchen bringen.

Stattdessen pikst mich wieder einmal etwas in die Nüstern, als ich den Kopf etwas tiefer in die Tasche stecke. Wutigs grässliche Reitgerte. Na bitte, gibt es einen besseren Beweis dafür, dass er ein Tierquäler ist? Ich ziehe das Ding heraus und lasse es auf den Boden fallen. Anschließend zupfe ich noch eine Reithose mit Vollbesatz, eine Reitkappe, Handschuhe, Lederstiefel, ein muffelndes T-Shirt und ein Käsebrot hervor. Ernsthaft *Käse*! Wer hätte bei einem Metzger etwas anderes als Wurst oder Schinken vermutet? Doch eigentlich muss ich zugeben: Mir ist das Lachen gründlich vergangen. Mit jedem Gegenstand, der ans Licht kommt, wird klar – ich habe mich gehörig getäuscht. Die Bewegung in der Tasche muss ich mir eingebildet haben. Keine Spur von Katzen oder anderen Kleintieren!

Zuerst wird die Herde um mich still. Fassungslos begutachten sie den Haufen. Dann fängt Hanne an zu kichern: »Wusste ich's doch! Mein Metzger hat versprochen, dass wir heute Abend noch eine Stunde reiten.«

Jetzt ist es auch um die Zurückhaltung der Restlichen geschehen. Lauthals wiehern und glucksen sie durcheinander.

»Bravo, Hopper, du hast ein Käsebrot auf frischer Tat ertappt«, grient Amato.

Wütend schleudere ich die Sachen zurück in Wutigs Tasche. So eine Pleite! Ich habe mich blamiert bis auf die Knochen.

Nur Emil auf der anderen Seite des Gatters nimmt mich in Schutz: »Ihr habt wohl eines vergessen: Die Katzenjungen sind wirklich verschwunden und irren allein herum. Hopper hat wenigstens versucht, sie zu retten!«

»Stimmt genau«, wiehere ich, »und noch habe ich nicht aufgegeben!«

Mit Anlauf springe ich über den Zaun und lande neben Emil. Diesmal in hohem Bogen, weil ich so eine Wut im Bauch habe.

»Komm, ein paar Minuten haben wir noch!«

»Warte, Hopper, nimm die hier mit, damit du wenigstens keinen Ärger mit Tante Jo bekommst.«

Kira hat mir die Tasche zum Zaun hinterhergetragen. Dankbar nehme ich sie entgegen. Es tut gut, dass wenigstens meine zwei besten Freunde auf meiner Seite sind. Ja, richtig gelesen. Ich zähle Emil inzwischen dazu. Er hat soeben bewiesen, dass man sich auf ihn verlassen kann. Und das werde ich ihm nie vergessen!

Jetzt muss mir blitzschnell etwas einfallen, denn ich will diese Blamage nicht auf mir sitzen lassen. Schweigend galoppieren Emil und ich zurück zum Hof. Ich habe das Gefühl, dass die Lösung zum Greifen nahe ist. Nur eine winzige Kleinigkeit habe ich übersehen, deshalb komme ich einfach nicht dahinter. Im Geist fasse ich noch einmal alle Fakten zusammen. Das offene Scheunentor, die Katzenjungen mit ihren Stummelbeinchen, Wutig auf seiner Bank …

Im Geist höre ich Hanne wieder sagen: »Niemand von euch weiß besser als ich, wie dringend die Neugeborenen den Schutz einer Mutter brauchen.« Und sehe sie zärtlich die Mähne ihres Fohlens putzen.

Und da weiß ich es auf einmal. Wir haben die ganze Zeit die falsche Frage gestellt: Wo sind die Katzenjungen?

Wir hätten besser fragen sollen: Wo ist die Katzenmutter?

Die ahnungslosen Jungs haben sich diese Frage natürlich nicht gestellt. Sie sind automatisch davon ausgegangen, dass der Mutter etwas zugestoßen sein muss. Und Bine, Paula und selbst Tante Jo haben aus Angst um die Kätzchen ebenfalls nicht darüber nachgedacht.

Daher haben sie das Wichtigste übersehen: Eine Tiermutter würde ihre Neugeborenen nicht einfach so im Stich lassen. Nie im Leben! Hanne würde bis ans Ende der Welt laufen, um ihr verschollenes Fohlen wiederzufinden. Genau das hat die Katzenmutter wahrscheinlich auch gemacht. Vor einer Stunde muss sie sie endlich aufgespürt haben. Bei uns auf dem Hof. Und damit ihr nicht noch einmal jemand ihre Jungen wegnimmt, hat sie sie in Sicherheit gebracht. Bloß wohin? Wie hat sie es geschafft, die Jungen unter den Augen der versammelten Mannschaft im Innenhof wegzuschaffen?

»Du siehst aus, als ob du eine Idee hättest«, sagt Emil.

Ich nicke langsam: »In der Tat. Manchmal ist eine offene Tür einfach nur eine offene Tür.«

»Hä?«

Emil versteht meine Andeutung nicht. Macht

aber nix. Ich deute ihm, dass er mir folgen soll.

In der Scheune warte ich, bis sich meine Augen an das Dämmerlicht gewöhnt haben. Dann betrachte ich aufmerksam jeden einzelnen Heu- und Strohballen. Da – ganz oben in der Ecke! Dort könnte es sein. Nur ein winziger Spalt Platz unter dem Dach. Doch das würde genügen!

»Hallo, Nima, bist du da oben?«, schnaube ich leise.

Keine Antwort.

»Ich weiß genau, dass du deine Jungen dort unter dem großen Holzbalken versteckt hast.«

»Verrrrschwinde!«

Volltreffer! Gefunden! Jetzt darf ich sie bloß nicht verschrecken, damit sie nicht wieder abhaut.

»Ich gehe gleich. Wollte dir nur sagen, dass

sich dein Frauchen die Augen deinetwegen ausweint.«

»Susi?«

Eine samtweiße Schnauze und zwei spitze, schwarze Ohren schieben sich über den Rand des obersten Strohballens.

»Genau die, sie ist todunglücklich!«

»Mirrrr egal. Sie hat zugelassen, dass diese beiden Schufte meine Babys entführrrrt haben.«

»Na, hör mal, den Platz im Keller hast du dir doch selbst ausgesucht und du hast deine Jungen dort allein gelassen!«

»Miauuu, deswegen könnte ich mich selbst krrrratzen. Ich wollte ihnen eine klitzekleine Maus zum Spielen fangen. Und als ich zurrrrückkam …«

Die Katzenmutter schluchzt herzzerreißend auf.

»Ich weiß, ich weiß«, versuche ich zu trösten. »Die unwissenden Menschenkinder dachten, du wärst weg, und haben deine Jungen zu uns gebracht, damit sie versorgt werden.«

»Dumme Kerrrrle!«

»Stimmt, aber dafür kann Susi nichts. Sie hätte bestimmt gut auf deine Kinder aufgepasst!«

»Ach ja, sie hat mirrrr für die Geburrrrrt ein kuscheliges Nest neben dem Bett gebaut. Ich hätte mich nicht nach etwas Besserrrrem umsehen sollen!«

»Dann geh doch zurück zu ihr! Sie wird in wenigen Minuten da sein und euch bestimmt gerne mitnehmen.«

»Kann ich dirrrr vertrrrrauen?«

»Natürlich kannst du das«, schaltet sich Emil ein, »Hopper ist Detektiv und der beste Beschützer weit und breit!«

Es raschelt im Stroh. Die Katzenmutter klettert wendig wie ein Wiesel an den Ballen hinab. Im Maul hat sie eines ihrer Jungen. Sie setzt es auf meinem Rücken ab. Dann kraxelt sie wieder nach oben und packt das nächste im Nacken. Als alle vier sicher auf meinem Rücken geparkt sind, springt sie selbst auf.

Behutsam schreite ich mit meiner ungewöhnlichen Reiterschar aus dem Heuschober. Draußen haben sich inzwischen Bine, Paula und alle anderen Helfer um ein rotblondes Mädchen mit Zöpfen geschart. Seine verheulten Augen lassen unschwer erkennen, dass das Susi sein muss. Tante Jo hat tröstend den Arm um sie gelegt. Als sie uns entdeckt, kreischt sie auf und stürmt auf mich zu.

»Nima, da bist du ja!«

»Rrrrrrr!«

Die Katze auf meinem Rücken fängt laut an zu schnurren.

»Hopper und Emil haben es geschafft!«, ruft Paula. »Sie haben die Katzen gefunden!«

Bine fällt mir stolz um den Hals. Wäre ich eine Katze, würde ich ebenfalls schnurren vor Glück.

Metzgermeister Wutig steht auf einmal neben uns.

»Was macht euch so sicher, dass die beiden nicht nur zufällig auf die Katzen gestoßen sind?«

»Sehen Sie nicht seine Kappe?«, fragt Bine.

»So, so«, brummelt der Metzger. »Dann kann mir dein Pony sicher auch verraten, wo meine Reittasche geblieben ist? Ich habe sie irgendwo abgestellt und weiß nicht mehr, wo.«

Ich löse mich aus Bines Umarmung und flitze zurück zum Schuppen.

»Ho, ho, ho«, lacht Wutig, als ich seine Tasche neben ihm abstelle, »das Pony ist wirklich clever!«

»Ja, Hopper ist der beste Ponydetektiv der Welt!«, rufen Bine und Paula im Chor.

LORD HOPPER

Ein Pony auf Geisterjagd

Auf den Hund gekommen

Um die Mittagszeit ist auf Gut Apfelbaum nicht viel los. Die Menschen, also Tante Jo und Onkel Otto, sind im Haus, um zu essen. Meine Ponyfreunde stehen erschöpft auf der Weide, fressen Gras und erholen sich von den Vormittagsreitstunden. Bine kommt wie immer erst nachmittags nach der Schule. Deshalb bin ich noch nicht ausgeritten und mir ist langweilig! Ich pirsche mich von hinten an Amato heran und zwicke ihn leicht in die Kruppe. Der Schimmelwallach dreht sich unwillig um. »Was soll das, Hopper?«

»Los, lass uns Fangen spielen!«, wiehere ich.

»Keine Lust«, brummt Amato und wendet

sich wieder den Grashalmen zu. Sonst genügt es, dass ich in der Nähe meines Lieblingsgegners auftauche, und schon hetzt er mich über die Wiese. Das ist doch wie verhext!

Ich trotte zu Emil. Seit meinem letzten Fall mag ich den Esel richtig gern. Ohne seine Hilfe hätte ich die Katzendiebe nicht überlisten können. Außerdem haben nur er und Kira zu mir gehalten. Alle anderen Pferde haben mich nämlich ausgelacht, weil ich auf einer falschen Fährte war. Das vergesse ich ihm nie! Selbst ein großartiger Ponydetektiv wie ich kann einen Assistenten gebrauchen, und einen guten Freund sowieso. Bine und Paula, unsere Menschenfreundinnen, sind mächtig stolz auf uns und freuen sich, dass wir uns inzwischen genauso

gut verstehen wie sie. Das Beste an Emil ist, dass ich ihn zu allem überreden kann.

»Wollen wir ein bisschen spazieren gehen?«, frage ich ihn.

»Wohin denn?«, fragt Emil.

»Ich weiß noch nicht«, sage ich. »Vielleicht zu Onkel Ottos Apfelgärten?«

»Au ja«, meint Emil, »inzwischen sind die Äpfel richtig reif und süß. Bestimmt finden wir ein paar am Boden, die wir fressen können.«

Bravo, Emil hat inzwischen begriffen, dass er die Äpfel nicht vom Baum pflücken darf! Wir traben nebeneinander zum Gatter. Dort bleibt Emil stehen und lässt mir den Vortritt. Ich bin immer noch der Einzige, der den Schnappriegel aufschnalzen lassen kann. Ich habe sogar versucht, Emil den Trick zu zeigen. Er hat es verdient, in meine Geheimnisse eingeweiht zu werden. Aber er war dafür einfach zu ungeduldig und hat sich ein paar böse blaue Flecken geholt, als er mit dem

Maul gegen das Gatter gerammt ist. Seither überlässt er das Öffnen lieber mir. Insgeheim muss ich gestehen, dass ich ganz froh darüber bin. Es ist ein schönes Gefühl, etwas Besonderes zu können, und ich musste mit meinem menschlichen Lord schließlich auch lange üben.

Schwupps, ist das Gatter offen und wir schreiten hindurch. Unschlüssig gucke ich nach links und rechts. Die Apfelgärten wären kein schlechtes Ziel, aber vielleicht gibt es noch etwas Interessanteres.

Am Ende der Allee bewegt sich ein winziger Punkt auf uns zu. Ich kneife die Augen zusammen. Wenn ich mich nicht sehr irre, dann ist das …

»Juhu«, rufe ich, »gleich wird es lustig!«

»Iah-aha«, sagt Emil, »wieso?«

»Weil da hinten der Briefträger kommt«, erkläre ich.

»Und was soll daran lustig sein?«, fragt Emil.

»Du kennst wohl unseren Briefträger noch nicht«, stelle ich fest.

»Nein«, gibt Emil zu.

»Unser Briefträger hat Angst vor Hunden«, kläre ich ihn auf.

»Ja und?«, sagt Emil. »Auf Gut Apfelbaum gibt es keinen Hund.«

»Stimmt«, kichere ich, »aber das weiß unser Briefträger nicht!«

»Er kommt doch jeden Tag bei uns vorbei. Wie kann er das nicht wissen?«, wundert sich Emil.

»Er kommt nicht jeden Tag«, sage ich, »nur, wenn er Post hat.«

»Na schön«, meint Emil, »aber dann ist er bei uns trotzdem noch nie einem Hund begegnet!«

»Begegnet nicht, aber gehört hat er ihn schon«, lache ich.

»Verstehe ich nicht«, gibt Emil zu.

»Pass auf, ich zeige es dir!«, sage ich.

Ich drücke mich an den Bäumen vorbei

und ducke mich ins Gebüsch, Emil dicht neben mir. Durch die Zweige spähe ich auf den Weg. Kurz darauf zuckelt der Briefträger auf seinem Fahrrad heran. Er pfeift ein Liedchen, um sich Mut zu machen. Als er direkt neben uns ist, raschle ich ein wenig mit den Blättern, und dann lasse ich ein leises Grummeln hören. Einen Laut, den ich normal von mir gebe, um Bine zu begrüßen oder sie dazu zu bringen, mir eine Leckerei zu geben.

»Oh nein«, brüllt der Briefträger, »schon wieder dieser Köter!«

Er tritt wie wild in die Pedale und radelt im Affenzahn auf das Gutshaus zu.

»Er hält *dich* für einen Hund«, staunt Emil.

»Ja«, lache ich, »das funktioniert jedes Mal!«

»Der Arme«, findet Emil, »er hatte richtig Schiss vor dir. Wie lange treibst du dieses Spiel schon mit ihm?«

»Och«, schnaube ich, »eine Weile. Immer wenn er mir zufällig über den Weg läuft.«

»Aber das ist ziemlich gemein von dir!«, tadelt Emil mich.

»Warum? Mir macht es Spaß! Und ich kann nichts dafür, dass er das Grummeln eines Fellponys nicht vom Knurren eines Hundes unterscheiden kann!«, maule ich.

»Trotzdem«, beharrt Emil, »das passt gar nicht zu dir, und der Briefträger hat dir doch gar nichts getan.«

»Hat er doch!«, sage ich.

»Ehrlich? Was denn?«, fragt Emil.

»Er bringt nie einen Brief für mich!«

»Du kannst doch gar nicht lesen«, lacht Emil.

»Natürlich kann ich lesen!«, schmolle ich. »Ich übe fast jeden Tag mit Bine für die Schule.«

Um ehrlich zu sein, ist das nur die halbe Wahrheit. Ich kann nur fünf Buchstaben, weil ich unbedingt meinen Namen erkennen wollte: H-O-P-P-E-R. Das H kann ich sogar mit dem Huf in die Erde ritzen! Alle anderen Buchstaben haben mich nicht interessiert. Ich bin schließlich ein Pony und kein Schulkind, und Post bekomme ich ja leider auch keine. Aber ich mag es, wenn Bine mir eine Geschichte vorliest, besonders wenn es eine Detektivgeschichte ist. Das ist unser größtes gemeinsames Hobby – abgesehen vom Ausreiten natürlich.

»Aber der Briefträger kann doch nichts dafür, wenn er keinen Brief für dich hat«, meint Emil.

»Na hör mal, ich bin ein berühmter Detektiv! Er ist bestimmt nur zu faul, meine Fanpost hierher zu schleppen, weil er wie du glaubt, dass ich sie sowieso nicht lesen kann!«

»Iah-haha«, höhnt Emil, »von wegen Fanpost! Du bist ganz schön eingebildet, Hopper! Alle, die dich kennen und mögen, sind doch hier auf Gut Apfelbaum. Warum sollten sie dir schreiben, wenn sie genauso gut mit dir reden können?«

»Oh«, sage ich nur. Von der Seite habe ich das noch nie betrachtet. Vielleicht ist der Briefträger gar nicht so ein Faulpelz, wie ich dachte. Und ich setze ihm seit Wochen zu und spiele ihm einen Streich nach dem anderen! Ich habe mir sehnlich einen Brief gewünscht und dem Falschen die Schuld dafür gegeben, dass keiner kam. Emil hat völlig recht, das war richtig gemein von mir.

Wie gut, dass ich so ein schönes dichtes Fell habe! Sonst könnte Emil jetzt sehen, wie rot ich werde.

Post für Hopper

»Wir sollten zum Hof laufen und den Briefträger beruhigen«, schlägt Emil vor.

»Wenn du meinst«, murmle ich.

Mir ist das alles entsetzlich peinlich. Bloß weil ich angenommen habe, dass er mir mit Absicht keinen Brief bringt. Ausgerechnet von Emil muss ich mich darüber aufklären lassen. Sonst bin immer ich derjenige, der alles weiß. Ich habe schon viel erlebt, bin mit meinem Lord in der Welt herumgekommen und trotzdem mache ich solche Fehler! Kleinlaut trabe ich hinter Emil zum Haus. Der Briefträger hat sein Fahrrad abgestellt und beugt sich gerade über seine große schwarze Tasche.

»Iah«, ruft Emil, um auf uns aufmerksam zu machen.

Der Briefträger zuckt zusammen und dreht sich um.

»Scheint insgesamt ein schreckhafter Mann zu sein«, flüstert Emil mir zu.

Er hat recht, der Briefträger umklammert einen weißen Umschlag und sieht uns ängstlich entgegen. Da ich etwas gutzumachen habe, tappe ich besonders vorsichtig auf ihn zu und gebe mein liebenswürdigstes Begrüßungsgrummeln von mir. Es verfehlt seine Wirkung haarscharf. Der Mann weicht einen Schritt zurück und rempelt beinahe gegen sein Fahrrad. Unschlüssig bleibe ich stehen.

»Ponys mag er wohl genauso wenig wie Hunde«, wiehere ich Emil zu.

Die Haustür wird aufgerissen und Tante Jo streckt den Kopf heraus.

»Guten Tag, Herr Schlotterbein, haben Sie Post für mich?«

»Äh, ja – ich meine, nein. Nicht direkt«, stottert der Briefträger.

Tante Jo runzelt die Stirn und Herr Schlotterbein setzt noch mal an: »Also, ich weiß es nicht genau. Ich habe hier einen Brief für Gut Apfelbaum, aber für einen Lord Hopkins …«

Mir entfährt ein lautes Freudenwiehern, das den armen Briefträger sofort wieder erzittern lässt. Tante Jo lacht laut: »Manchmal habe ich wirklich das Gefühl, dass du verstehst, was wir sagen, Hopper!«

Damit hat Tante Jo den Nagel auf den Kopf getroffen. Selbstverständlich verstehen wir Tiere die Sprache der Menschen. Zu schade, dass das umgekehrt nicht so ist. Es würde vieles einfacher machen. Aber sogar Bine ahnt meist nur, was ich ihr sagen will, allerdings ist sie darin richtig gut. Besser als die meisten anderen.

Argwöhnisch lugt Herr Schlotterbein zu mir und rückt näher zu Tante Jo. Sie deutet auf mich: »Das ist Lord Hopkins!«

»Der Brief ist für ein Pferd?«, staunt der Briefträger.

Tante Jo zuckt mit den Schultern: »Sieht so aus.«

»Aber wer schreibt einem Tier?«, wundert er sich.

»Wer ist denn der Absender?«, fragt Tante Jo.

Herr Schlotterbein liest: »Lord Hopkins of Northcastle.«

Von meinem menschlichen Lord und Namensgeber? Meinem ehemaligen Besitzer, der mir alle Tricks beigebracht hat? Jetzt hält mich nichts mehr zurück, ich stürme auf den Briefträger zu und will mit den Zähnen nach dem Brief in seiner Hand schnappen.

»Helfen Sie mir!«, japst er und versteckt sich hinter Tante Jo. »Ich fürchte mich vor Tieren!«

»Halt, Hopper«, befiehlt Tante Jo und wendet sich an Herrn Schlotterbein. »Vor unserem Hopper brauchen Sie wirklich keine Angst haben!«

»Sind Sie sicher?«, bibbert er.

»Klar, Hopper ist der Beste und Liebste!«, ruft Bine, die jetzt auch endlich angekommen ist, lehnt ihr Rad an den Zaun und tritt zu uns. »Aber Sie können den Brief auch mir überlassen.«

Endlich gibt Herr Schlotterbein den Umschlag aus der Hand. Dann eilt er davon. Gut so! Bei allem Mitleid für diesen Angsthasen, aber ich platze beinahe vor Neugierde!

Bine guckt mich an: »Soll ich vorlesen?«

Ich reibe meinen Kopf an ihrer Schulter. Wie immer versteht Bine sofort und reißt das Kuvert auf.

»Ich dachte, du kannst selber lesen«, unkt Emil aus dem Hintergrund.

»Ja und? Deshalb muss ich mich noch lange nicht vordrängeln!«, erkläre ich hoheitsvoll.

Bevor Emil etwas erwidern kann, fängt Bine an zu lesen:

Lieber Hopper,
wie geht es Dir? Hoffentlich gut! Lady Mary und ich sind wohlauf. Aber auf der Nordburg ist es sehr ruhig ohne Dich. Wir vermissen Dich sehr. Ich habe gehört, dass Du inzwischen ein berühmter Detektiv geworden bist und viele Abenteuer erlebt hast. Hast Du Lust, uns zu besuchen und

davon zu erzählen? Wenn Du willst, kannst Du Deine Freunde gerne mitbringen. Wie du weißt, haben wir genug Platz, und dann servieren wir Tee und Gurkensandwichs für alle!

Liebe Grüße
Dein Lord Hopkins

Vor Aufregung kann ich kaum stillstehen. Eine Einladung nach England! Ich nehme mir fest vor, den Briefträger nie wieder zu ärgern. Jemand, der so fantastische Neuigkeiten verteilt, muss gehegt und gepflegt werden. Bine hüpft neben mir auf und ab wie ein Gummiball. »Hurra, wir fahren auf eine Burg, auf eine richtige Burg!«

Sie fällt mir um den Hals und ich wiehere glücklich.

»Iah-pah!«, macht Emil hinter uns.

»Was ist?«, frage ich.

»Typisch! Wir lösen einen Fall und nur Du

wirst als großer Detektiv gefeiert und eingeladen!«, mault Emil.

»Warum beschwerst du dich? Du kannst doch mitkommen. Das steht doch ausdrücklich in dem Brief«, sage ich.

»Ehrlich, du würdest mich mitnehmen?« Emil strahlt.

»Ich habe doch sowieso keine andere Wahl, oder? Bine kommt auf jeden Fall mit und sie würde nicht ohne Paula fahren. Und Paula nicht ohne dich«, necke ich Emil.

Tante Jo bremst unseren Freudentaumel: »Ob das so eine gute Idee ist?«

Wir drei starren sie an. »Aber, aber Tante Jo …«, stammelt Bine.

»Ich verstehe nicht, was Hopkins sich dabei gedacht hat!«, murrt Tante Jo. »Er kann doch nicht ein Pony durch die halbe Welt schippern lassen!«

Diesen Einwand lässt Bine nicht gelten: »Das hat Hopper schon oft gemacht. Erinnerst du dich? Er kam doch auch vor ein paar Jahren von der Nordburg zu uns!«

»Ja, aber so ganz allein ... Ich kann hier jedenfalls nicht weg!«, sagt Tante Jo.

»Hopper ist nicht allein. Ich fahre natürlich mit!«, meint Bine.

»Du musst doch in die Schule!«, gibt Tante Jo zu bedenken.

Bine lacht: »In einer Woche sind Sommerferien!«

»Und du willst deine Ferien wirklich in England verbringen?«, fragt Tante Jo.

»Und wie ich das will!«, betont Bine. »Außerdem kenne ich Lord Hopkins und Lady Mary noch nicht. Und ich bin doch sogar mit ihnen verwandt, oder nicht?«

»Ja, um vier oder fünf Ecken. Er ist dein Großonkel oder Groß-Großonkel ... Egal, am besten, du nennst ihn Onkel Hopkins. Alles andere wäre zu kompliziert!«

»Dann dürfen wir fahren?«, fragt Bine.

Tante Jo nickt. »Meinetwegen, wenn deine Eltern es erlauben!«

»Und können wir auch Paula und Emil mitnehmen? Zu viert ist es bestimmt noch lustiger«, bohrt Bine weiter.

»Das musst du mit Paula und Bauer Haferkorn klären«, meint Tante Jo.

»Danke, Tante Jo«, jubelt Bine.

»Und du musst versprechen, auf Hopper aufzupassen! Damit er nichts anstellt!«, meint Tante Jo.

»Hopper stellt nie etwas an«, verteidigt Bine mich. »Hast du vergessen, dass er sogar schon zwei Fälle gelöst hat? Er ist ein toller Detektiv!«

»Ich glaube nicht, dass Lord Hopkins einen Detektiv braucht. Aber Hauptsache, Hopper ist brav!«, beharrt Tante Jo.

Ich hätte überhaupt nichts gegen einen neuen Fall einzuwenden. Umso besser, wenn ich meinem Lord damit helfen könnte. Allerdings hat auch Tante Jo mit ihren Einwänden nicht ganz unrecht. In den guten alten Zeiten haben mein Lord und ich uns fast jeden Tag neue Streiche ausgedacht. Aber das kommt natürlich nicht mehr in Betracht. Ich bin ein Ponydetektiv und muss auf meinen guten Ruf achten!

Reisevorbereitungen

Bines Eltern sind zum Glück viel leichter zu überzeugen als Tante Jo. Sie finden, dass es Bines Englischnote in der Schule guttäte, wenn sie vor Ort die Sprache übt.

Paula ist ebenfalls Feuer und Flamme, aber leider ist ihr Papa eine härtere Nuss. Bauer Haferkorn hätte überhaupt nichts dagegen, dass Bine Emil mitnimmt. Der Esel ist ihm sowieso ein Dorn im Auge. Deshalb lebt Emil ja hier bei uns und nicht bei Paula zu Hause. Aber seine Tochter soll in den Ferien auf dem Bauernhof helfen und nicht in der Gegend herumgondeln. Bine, Paula und Emil laufen mit hängenden Köpfen über den Hof. Bine und Emil wollen nicht ohne Paula fahren und Paula ärgert sich über ihren sturen Papa. Ich gebe mir alle Mühe, ebenfalls unglücklich zu wirken. Aber es fällt mir schwer. Ich habe so viel Vorfreude im Bauch, weil ich meinen Lord und die Burg wiedersehen werde. Endlich wieder »teatime« mit Gurkensandwichs, wie es sich gehört! Ich könnte den ganzen Tag singen und hüpfen. Natürlich fände ich es auch schöner, wenn Paula dabei sein dürfte, aber bin ich gemein, bloß, weil ich mich trotzdem freue?

Emil behauptet das.

»Ohne Paula sollten wir gar nicht fahren!«, fordert er.

»Kommt gar nicht in die Tüte«, sage ich. »Ich will meinen Lord wiedersehen!«

»Du denkst nur an dich«, faucht Emil.

»Tue ich nicht!«, verteidige ich mich.

Aber Emil ist eingeschnappt. So kann es nicht weitergehen! Ich muss mir etwas einfallen lassen.

Als Bauer Haferkorn unsere nächste Heulieferung ankarrt, hefte ich mich an seine Fersen. Eines habe ich gelernt: Menschen sind nicht leicht zu überreden, wenn sie sich einmal etwas in den Kopf gesetzt haben. Und Haferkorn ist ein besonders sturer Bauer. Sein Hof ist ihm das Aller-, Allerwichtigste, dort muss alles wie am Schnürchen klappen. Vor allem muss jeder mithelfen. Faulpelze und Drückeberger kann Haferkorn nicht ausstehen. Deshalb wollte er Emil loswerden, weil er ihm die harte Arbeit nicht zutraute. Ich beobachte, wie der Bauer ächzend und schnaufend die riesigen Heuballen von seinem Anhänger wuchtet.

Das ist es! So könnten wir Haferkorn vielleicht doch noch weichkochen. Ich blicke mich um. Wo steckt Bine, wenn man sie mal braucht? Geschwind presche ich zum Stall und höre sie schon von Weitem mit Yvonne reden. Ich trete dazwischen und zupfe Bine am Ärmel.

»Gleich, du siehst doch, dass ich gerade beschäftigt bin!«, wehrt Bine mich ab.

Keine Zeit für Höflichkeiten – ich stelle mich hinter sie und schiebe mit dem Kopf gegen ihren Rücken.

»Tut mir leid, Yvonne!«, seufzt Bine. »Aber wenn Hopper so drängelt, ist es meistens wichtig.«

Sie folgt mir, bis sie Haferkorn entdeckt.

»Was wollen wir denn bei dem?«, flüstert sie mir zu. »Wir sind doch sauer auf Paulas Papa wegen seines Verbots!«

Oje! Bine sitzt auf der Leitung! Da muss ich wohl noch ein wenig mehr nachhelfen. Ich gehe entschlossen zu dem Anhänger und packe mit den Zähnen einen der Heuballen.

»He, was soll das?«, ruft Haferkorn.

Wenigstens hat Bine mein Vorhaben begriffen.

»Wir wollen helfen«, erklärt sie, zerrt ebenfalls an dem Ballen und hievt ihn auf meinen Rücken. Dann bugsieren wir das Ding gemeinsam zur Futterkammer und nehmen uns den nächsten Ballen vor. Als alles abgeladen ist, sagt Haferkorn: »Das war sehr nett von dir und deinem Pony!«

»Hopper und ich könnten so was öfter machen!« Bine lächelt den Bauern scheinheilig an.

So dumm ist Haferkorn natürlich auch nicht. Er guckt Bine argwöhnisch an und meint: »Du führst doch was im Schilde?«

»Na ja«, schmeichelt Bine, »wenn Hopper und ich fest versprechen, dass wir dafür die restlichen Sommerferien mit anpacken, dann könnte Paula vielleicht doch zwei Wochen mit uns nach England fahren, oder?«

Hurra, Bine hat genau verstanden, worauf ich mit meiner Hilfsaktion hinauswollte. Kluges Mädchen! Ein Blick in Haferkorns Gesicht dämpft mein Hochgefühl allerdings gewaltig. Er zwickt die Augen zu Schlitzen zusammen und mustert Bine und mich finster. Ich rechne jeden Augenblick damit, dass er explodiert, weil wir uns eingemischt haben. Bine geht es genauso, denn sie weicht einen Schritt zurück und tastet nach meinem Hals, ohne Paulas Papa aus den Augen zu lassen.

Und dann platzt Haferkorn tatsächlich. Aber statt laut zu brüllen, lacht er schallend.

»Zwei zusätzliche Ferienhelfer, das ist ein Angebot!«

Er streckt Bine seine schaufelartige Hand entgegen. »Schlag ein und der Handel gilt!«

Bines kleine Hand verschwindet fast in seiner Pranke, aber sie strahlt mit der Sonne um die Wette.

Erleichtert atme ich auf. Jetzt steht unserem Ausflug endlich nichts mehr im Weg und ich darf mich ungehindert freuen.

Paula drückt und streichelt mich, als sie die Neuigkeiten hört, und Emil murmelt: »Tut mir leid, dass ich dich angeschnauzt habe!«

»Schon gut, lass uns lieber überlegen, was wir alles einpacken müssen!«, sage ich.

Das ist wirklich nicht so einfach. Emil und ich können nicht mit dem Flugzeug fliegen wie Menschen. Dafür sind wir zu groß und schwer, behauptet Tante Jo. Deshalb wird sie uns mit dem Anhänger zum Hafen fahren und dort steigen wir auf eine Fähre – das ist so was wie ein großes Schiff – und tuckern nach England. Lord Hopkins' Butler wird uns abholen und auf die Nordburg bringen. Die Reise dauert sehr lange, fast einen ganzen Tag. Man kann nicht mittendrin umdrehen, weil man was vergessen hat. Wir brauchen genug Futter, Zaumzeug, meinen Sattel, die Satteldecke …

Das alles türmt sich vor dem Auto, obendrauf noch zwei riesige Koffer von Bine und Paula. Tante Jo schafft es irgendwie, alles unterzubringen. Dann führt Bine mich zum Anhänger.

Ein Kinderspiel für mich. Ich bin schon oft in so einem Ding gefahren. Aber als ich auf die Rampe steigen soll, fällt mir siedend heiß etwas ein. Oh nein! Ich stemme mich mit allen vier Hufen in den Boden. Emil hinter mir muss ebenfalls anhalten.

»Wieso gehst du nicht weiter?«, quiekt er.

»Was ist los, Hopper? Du hast doch sonst keine Angst vor dem Anhänger!«, ruft Bine.

»Ich hätte beinahe das Wichtigste vergessen«, erkläre ich, aber leider versteht das nur Emil. Bine versucht verzweifelt, mich in den Hänger zu bugsieren. Und Tante Jo schimpft. Das ist mir egal, ich reiße mich los und stapfe zum Stall.

»Hopper, Hopper, komm zurück«, brüllt Bine und rennt hinter mir her. Manchmal ist es wirklich dumm, dass sie meine Sprache nicht kann. Sonst wüsste sie, was ich will. Ich trabe zu meiner Box.

»Warum hast du das nicht gleich gesagt«, kichert Bine hinter mir.

»Hab ich doch«, grummle ich.

Sie tritt neben mich, holt meine Detektivmütze vom Haken und setzt sie mir auf den Kopf.

»Ohne die Kappe geht es selbstverständlich nicht!«, findet sie.

Das sehe ich auch so, schließlich muss ein guter Detektiv auf alles vorbereitet sein!

Tante Jo schüttelt zwar den Kopf und Emil und Paula grinsen, aber Hauptsache, Bine versteht mich!

Die Autofahrt ist ziemlich unbequem. Emil und ich stehen dicht nebeneinander in dem Hänger. Emil hat damit nicht so viel Erfahrung, weil er erst einmal von Paulas Oma zu ihr gefahren wurde. Er murrt: »Eine Reise habe ich mir aufregender vorgestellt!«

Das stimmt, wenn wir rausgucken, sehen wir nur die graue Straße unter uns vorbeiflitzen. Oder ein paar Baumgipfel und Wolkenfetzen am Himmel.

»Warte, bis wir auf dem Schiff sind«, beruhige ich Emil.

Damit habe ich ihm zu viel versprochen. Im Hafen stinkt es nach Fisch und Benzin und auf der Fähre ist es nicht viel besser. Außerdem schaukelt es noch mehr als bei der Autofahrt. Nach kürzester Zeit ist Emil ganz grün im Gesicht.

»Du bist eben eine echte Landratte!«, witzle ich.

Gleichzeitig spüre ich, wie das ewige Auf und Ab auch in meinem Magen rumpelt. Das will ich mir nicht anmerken lassen. Ich bemühe mich, das Gleichgewicht nicht zu verlieren. Oje, hoffentlich geht es Bine und Paula besser. Die beiden können wenigstens an Deck gehen und frische Luft schnuppern. Hier unten im Laderaum ist es ziemlich stickig. Zur Ablenkung spielen Emil und ich »Ich sehe was, was du nicht siehst«. Aber es gibt nicht viel zu sehen, deshalb geben wir bald auf.

»Soll ich dir von der Nordburg erzählen?«, biete ich Emil an.

»Gute Idee«, meint Emil, »vielleicht vergesse ich dann die Seekrankheit!«

»Sie steht auf einem Hügel und drum herum sind Wälder und Wiesen. Es gibt dort so viele verschiedene Grüns, wie du sie in deinem ganzen Leben noch nie gesehen hast!«

»Grüner als Bauer Haferkorns Kuhweiden?«, will Emil wissen.

»Viel grüner und saftiger. Die Burg selbst hat hohe graue Mauern mit Zinnen und einem Turm. Und du erreichst sie nur über die Zugbrücke, die über den Wassergraben führt«, beschreibe ich weiter.

»Warum das denn?«, fragt Emil.

»Weil sich die Ritter früher gegen Angreifer wehren mussten«, erkläre ich.

»Hoffentlich müssen wir uns nicht auch gegen Angreifer wehren«, sagt Emil erschrocken.

Der Feigling! Wer sollte denn heute die Nordburg angreifen wollen? Nein, dort werden wir sicher keine gefährlichen Abenteuer bestehen müssen. Fast schade, denn ich würde gerne mal wieder meine Detektivnase unter Beweis stellen!

Wiedersehen zweier Lords

Endlich ist die Überfahrt mit der Fähre vorbei. Butler James erwartet uns wie abgesprochen am Hafen in Dover. Ich kenne ihn bislang noch nicht. Lord Hopkins und Lady Mary haben ihn erst nach meinem Umzug eingestellt. Für einen Butler ist er noch ziemlich jung. Aber seine Manieren sind einwandfrei. Er begrüßt Bine und Paula mit Handkuss. Vor Emil und mir macht er eine kleine Verbeugung, als er uns aus dem Hänger lässt, damit wir uns kurz die Beine vertreten können. Ich sauge die englische Luft ein und bin froh, den größten Teil der Reise hinter mir zu haben. Bine und Paula stürzen sich auf Kekse und

Limo, die James ihnen mitgebracht hat. Dann öffnet er den »jungen Ladies« die Autotüren und führt Emil und mich wieder in den Anhänger. Die Autofahrt ist die reinste Erholung nach dem Geschaukel auf dem Schiff.

Mein Herz schlägt höher, als wir endlich ankommen. Meine Müdigkeit und meine steifen Beine sind sofort vergessen. Es ist so schön, wieder hier zu sein! Ich atme tief ein und genieße den Anblick der Nordburg.

»Die Burg sieht noch beeindruckender aus, als du sie beschrieben hast«, staunt Emil.

»Es ist traumhaft hier«, rufen Bine und Paula ebenfalls.

Stolz recke ich die Brust, als ob das Lob mir gelten würde.

»Es freut mich, dass es euch bei uns gefällt!« Die große Eichentür hat sich geöffnet und Lord Hopkins schreitet strahlend auf uns zu. Seine Haare sind ein bisschen grauer, als ich sie in Erinnerung habe, aber sonst sieht er aus wie immer. Er trägt einen dunkelgrünen Anzug mit Weste darunter und die Kette seiner goldenen Taschenuhr baumelt über seinem Bauch. Auf den ersten Blick wirkt er sehr würdig und adelig, aber seine Augen blitzen übermütig. Fröhlich wiehere ich ihm entgegen.

»Willkommen zu Hause, mein lieber Hopper!« Er krault mich hinter den Ohren, wie es außer ihm nur Bine kann. »Willkommen euch allen!« Er reicht den Mädchen die Hand und tätschelt Emil.

»Hopkins, ich wusste gar nicht, dass wir Besuch erwar…« An der Tür taucht Lady Mary auf. Wie immer in einem karierten Kostüm und die schlohweißen Haare zu einem Dutt gesteckt. Ungläubig reißt sie die Augen auf. »Das ist ja Hopper!«

Der Lord erklärt: »Stell dir vor, unser alter Ponyfreund war zufällig in der Gegend, da habe ich ihn selbstverständlich eingeladen!«

Bine und Paula gucken sich verwirrt an.

»Wie bitte?«, flüstert Emil mir zu. »Das stimmt gar nicht, er hat uns extra herbestellt!«

»Das nennt man englischen Humor, das wirst du sehr bald verstehen, wenn du meinen Lord besser kennenlernst«, kichere ich.

Lady Mary schüttelt missbilligend den Kopf: »Ach, Hopkins, so was musst du mir früher sagen! Hoffentlich haben wir genug zu essen im Haus.«

»Wir servieren einfach Gurkensandwichs für alle im Garten«, schlägt der Lord vor.

»Au ja«, wiehere ich.

»Super«, rufen Bine und Paula.

»Na schön«, seufzt Mary. »Kommt, jetzt zeige ich euch erst mal eure Zimmer!«

Beschwingt laufe ich hinter Bine und Paula her. Lady Mary dreht sich um und stöhnt: »Fang nicht schon wieder so an, Hopper! Du und der Esel gehören in den Stall!«

»Iah-ha«, lacht Emil, »die Lady ist aber nicht sehr begeistert über das Wiedersehen mit dir!«

»Gut möglich«, räume ich ein, »mein Lord und ich haben ihr so manchen Streich gespielt. Das hat sie wahrscheinlich nicht vergessen.«

Auf dem Weg zum Stall fällt mir auf, dass sich doch einiges verändert hat. Von ein paar Mauern bröckelt der Putz. Die Wiesen sind nicht gemäht und im Garten wuchert Unkraut. Ich stoße die Tür zu meinem alten Stall auf. Puh, es stinkt schrecklich hier! Ein ohren-

betäubender Lärm lässt mich einen Schritt zurückweichen.

»Kikeriki! Verschwindet! Das ist mein Stall!«, keift jemand.

Ich blicke zum Boden. Vor mir hat sich ein Hahn aufgebaut.

»Du irrst dich, Hühnchen«, sage ich, »das hier war schon immer mein Stall!«

Der Hahn plustert seine Federn noch etwas mehr auf: »Und wer bitte schön bist du?«

»Lord Hopkins of Northcastle! Und du?« Ich finde, so ein Naseweis sollte lieber meinen vollen Titel erfahren. Hopper heiße ich nur für meine Freunde und ein Gefühl sagt mir, dass dieser Hahn alles andere als ein Freund ist.

»So leicht kannst du Doodle nicht hinters Licht führen! Ich kenne den Lord und er hat zwei Beine wie ich und keine vier wie du!«

»Wenn du ihn kennst, dann weißt du auch, dass er nur einem ganz besonderen Freund seinen Namen geben würde. Nämlich MIR!«

»Heißt er wirklich so?«, fragt Doodle über meine Schulter hinweg Emil.

»Iah-ja«, nickt Emil.

»Meinetwegen«, knurrt Doodle. »Trotzdem müsst ihr euch etwas anderes suchen. Es ist kaum für mich und meine zehn Hühner genug Platz!«

Ich äuge in den Stall. Tatsächlich scharrt auf jeder freien Stelle ein Huhn. Kein Wunder, dass es so streng riecht. Eigentlich will ich nicht klein beigeben. Andererseits habe ich wenig Lust, mir mit diesem Hühnerhaufen den Schlafplatz zu teilen.

»Wir versuchen es im großen Pferdestall«, schlage ich Emil vor.

Früher gab es außer mir unzählige Pferde auf der Burg, die an den Ritterturnieren im Sommer teilnahmen. Aber als mein Lord sich vor ein paar Jahren zur Ruhe setzte, gab er auch die Pferdezucht auf. Deshalb durfte ich ja zu Tante Jo, damit mir allein auf der Burg nicht langweilig wurde.

Im großen Pferdestall ist es ein wenig staubig, aber wenigstens ruhig.

»Mir knurrt der Magen«, gestehe ich. »Lass uns sehen, ob das Essen schon fertig ist.«

Im Garten sind bereits alle versammelt und auf einer Platte türmen sich die Gurkensandwichs. Der Ärger über den Hahn Doodle ist sofort vergessen. Mein Lieblingsessen! Es gibt nichts Besseres! Bine versorgt mich zwar oft mit

Gurkenstückchen, aber an die englische Zubereitung kommt das nicht ganz hin. Ich will mir ein Sandwich schnappen, da stört mich Lady Mary schon wieder: »Hopper, wo sind deine Manieren? Warte gefälligst, bis alle sitzen und etwas haben!«

Ich halte mich zurück, bis sie sich umgedreht hat, dann starte ich einen neuen Versuch. Mitten in meinen ersten Bissen platzt ein lautes Scheppern und Klirren. Kauend und schmatzend drehe ich mich um.

Vor uns steht die Köchin, mitten in einem Haufen Scherben. Sie ist kreidebleich und schlottert am ganzen Körper.

»Mein gutes Teegeschirr!«, kreischt Lady Mary.

»Ich, ich, ich …«, stammelt die Köchin. »Es tut mir leid, aber ich bleibe keinen Tag länger!«

»Sie wollen kündigen? Wegen diesem kleinen Ungeschick?«, wundert sich mein Lord.

Die Köchin schüttelt den Kopf und deutet mit zitterndem Finger in Richtung Burgturm.

»*Es* ist wieder da«, flüstert sie, dann rafft sie ihre Schürze und rennt einfach davon, über die Zugbrücke, den Hügel hinunter, bis sie nur noch ein kleiner hüpfender Punkt ist.

»Nun«, räuspert sich Lady Mary, »dann werde ich eben selbst den Tee zubereiten. Hilfst du mir bitte, die Scherben aufzukehren, Paula?«

Die beiden verschwinden in der Burg.

»Was ist hier los, Onkel Hopkins?«, fragt Bine.

»Ach, nichts weiter!«, winkt der Lord ab. »Bloß eine übergeschnappte Köchin. Wahrscheinlich hatte sie Angst, dass wir ihr das zerbrochene Geschirr vom Lohn abziehen!«

»Aber was hat sie gemeint mit – *es ist wieder da*?«, bohrt Bine nach.

»Keine Ahnung. Vielleicht bekommt sie Besuch?«, wiegelt Lord Hopkins ab.

Hilfe, es spukt!

Ich glaube meinem Lord kein Wort! Seine Witze können mich nicht täuschen. Hier stimmt etwas nicht, ganz und gar nicht. Das sagt mir meine Detektivnase. Abends im Stall rede ich mit Emil darüber.

»Mein Lord verheimlicht uns etwas!«

»Hm«, macht Emil, »warum sollte er?«

»Vielleicht will er Bine und Paula nicht beunruhigen«, vermute ich.

»Und was glaubst du, steckt dahinter?«, fragt Emil.

»Weiß ich noch nicht, aber wir sollten Augen und Ohren offen halten!«, finde ich.

Meine detektivische Spürnase ist geweckt!

Emil gähnt: »Morgen gerne, heute bin ich zu müde!«

Ich hätte lieber sofort losgelegt. Aber die lange Fahrt steckt mir ebenfalls in den Knochen, deshalb döse ich schnell ein.

Mitten in der Nacht schrecke ich hoch. Was war das? Da war doch etwas an der Tür!

Angestrengt starre ich in die Dunkelheit. Wir Ponys können in der Dämmerung viel besser sehen als Menschen. Im Freien genügt uns bereits der Mondschein, um uns zurechtzufinden. Aber hier im Stall ist es so stockfinster, dass es sogar mir schwerfällt, etwas zu erkennen. Nicht einmal durch die Fenster kommt Licht. Wahrscheinlich ist der Nachthimmel mit Wolken bedeckt. Wieder dieses schabende Geräusch! Ich pirsche vorsichtig zur Tür und schiebe sie mit einem Ruck zur Seite. Etwas blendet mich direkt ins Gesicht.

»Hilfe! Diebe! Einbrecher!«, wiehere ich.

Hinter mir raschelt Emil, dann höre ich ihn lachen: »Iah-haha, schöner Detektiv bist du! Erkennst nicht mal Bine und Paula!«

Ich blinzle verwirrt. Tatsächlich, vor mir steht Bine und leuchtet mich mit einer Taschenlampe an.

»Tut mir leid, Hopper!«, sagt sie, knipst die Lampe aus und schaltet dafür die Deckenlampe ein.

»Wir können nicht schlafen«, sagt Bine.

»Ja«, ergänzt Paula, »in der Burg ist es so unheimlich. Deshalb wollen wir lieber bei euch im Stall übernachten.«

Erst jetzt sehe ich, dass die beiden Decken und Kissen mitgebracht haben. Sie schieben Strohballen zusammen und richten sich ein Lager her. Ich bin richtig gerührt. Bine weiß, dass ich auf sie aufpasse. Besser als jeder Wachhund. Gleichzeitig bin ich besorgt. Unheimlich? Auf meiner Burg? Das kann nicht sein! Ich höre zu, was Bine und Paula berichten.

»Ich glaube ja, es spukt!«, sagt Paula.

»Quatsch«, meint Bine, »an Gespenster glauben doch nur Babys!«

»Ach, und wer hat dann mit den Ketten gerasselt?«, fragt Paula.

»Vielleicht Onkel Hopkins?«, sagt Bine, aber ihre Stimme klingt nicht wirklich überzeugt.

»Kann ich mir nicht vorstellen«, flüstert Paula. »Der schläft doch in der Nacht. Und was ist mit den Schritten im Flur und dem Zähneklappern?«

»Vielleicht haben wir uns das nur eingebildet«, meint Bine zaghaft.

»Bestimmt nicht!«, sagt Paula. »Wir haben es beide gehört. Deshalb sind wir doch in den Stall geflüchtet!«

So geht es noch eine Weile hin und her, bis den Mädchen die Augen zufallen.

Emil und ich denken gar nicht mehr an schlafen. Es gibt Wichtigeres zu tun. Wir müssen unsere Freundinnen beschützen!

»Auf der Burg gibt es Gespenster«, schlottert Emil.

»Jetzt fang du nicht auch noch an«, grummle ich. »Schlimm genug, dass Bine und Paula Angst haben!«

»Ich habe auch Angst«, gesteht Emil.

»Wir werden schon herausfinden, was dahintersteckt!«, bestimme ich.

»Wir?«, haucht Emil.

»Klar, wer sonst. Bist du nun mein Assistent oder nicht?«, brumme ich.

»Iah – ja-a«, meint Emil gedehnt, »aber wir sind Detektive und keine Gespensterjäger.«

»Das ist im Grunde dasselbe«, behaupte ich. »Komm, wir sehen uns draußen mal um.«

»Aber wir können Bine und Paula nicht allein lassen!«, widerspricht Emil.

»Die beiden schlafen tief und fest, und wenn sie aufwachen, haben wir den Spuk aufgeklärt.«

Ich tappe voran zur Stalltür und vertraue

darauf, dass Emil mir folgt. Draußen ist es ganz schön ungemütlich. Nicht nur, dass wir eine düstere Nacht haben, es pfeift auch um die Ecken. Der Wind zupft und zerrt an meiner Mähne und meinen Schweif. Ich muss mich ordentlich dagegenstemmen, um vorwärtszukommen. Eigentlich ein Wetter, bei dem ich viel lieber im warmen Stall bleiben würde. Aber es geht schließlich um Bine und für meine beste Freundin würde ich mich sogar in ein Gewitter stürzen! Im Burghof sehe ich mich nach allen Richtungen um.

»I-ah, igitt!«, murrt Emil. »Kein Wunder, dass Paula und Bine sich fürchten. Bei so einem grässlichen Wetter muss es einem ja die Angstschauer über den Rücken jagen!«

Ich wende mich ihm zu: »Emil, du bist mal wieder schlauer, als du selbst ahnst!«

»Wie meinst du das?«, fragt Emil.

Typisch Emil, er stößt mich mit der Nase auf die Lösung und merkt es selbst gar nicht.

»Sieh mal da zu dem Fenster«, sage ich.

»Iah«, quietscht Emil erschrocken, macht einen Schritt zurück und duckt sich hinter dem Brunnen im Burghof. Es ist ein alter Ziehbrunnen. An der Holzkurbel ist eine Kette befestigt, an deren Ende ein Eimer hängt. Lässt man den in den tiefen Brunnenschacht hinab, kann man damit Wasser nach oben befördern. Früher gab es nämlich noch keine Wasserleitungen wie heute. Allerdings interessiert sich Emil nicht die Bohne für den Brunnen, außer, dass die gemauerten Wände ein gutes Versteck bieten.

»Da, da, da ist ja wirklich ein Gespenst!«, haucht er.

»Bist du ein Angsthase oder ein mutiger Esel?«, schimpfe ich. »Schau genauer hin!«

Emil späht über den Brunnenrand und seine Miene entspannt sich. »Oh, das ist ja bloß ein weißer Vorhang, der sich im Fenster eingeklemmt hat!«

Ich nicke: »So ist es! Ich tippe, den hat die Köchin gesehen und wie du für einen Geist gehalten.«

»Das kann man auf den ersten Blick aber auch leicht verwechseln«, verteidigt sich Emil.

»Eben«, sage ich, »deshalb muss ein guter Detektiv immer einen zweiten Blick auf die Dinge werfen, um sich nicht täuschen zu lassen!«

Emil zuckt schon wieder zusammen. »I-ah, aber wer rasselt da so mit den Ketten?«

»Emil«, mahne ich, »was habe ich gerade erklärt?«

Emil stellt die langen Ohren auf und lauscht in die Nacht. Dann grinst er breit und sagt: »Ja, jetzt erkenne ich es auch!«

»Das werden wir gleich morgen früh Bine und Paula zeigen«, beschließe ich.

Hopper jagt Gespenster

»Kikeriki, kikeriki!«

Ich schrecke aus dem Schlaf. Was ist das für ein scheußlicher Gesang am frühen Morgen? Draußen ist es noch dämmrig. Nicht einmal die Sonne hat schon ausgeschlafen! Emil schnarcht leise und Bine und Paula schlummern friedlich. Ich will nicht, dass sie aufwachen. Gestern war ein anstrengender Tag und sie müssen sich ausruhen, weil es heute eine Menge zu entdecken gibt. Rasch verlasse ich den Stall und suche nach dem Störenfried.

Dachte ich es mir doch! Dieser dämliche Doodle stolziert vor den Ställen auf und ab und kräht aus voller Kehle.

»Bist du verrückt geworden?«, schimpfe ich. »Was fällt dir ein, schon vor Sonnenaufgang so ein Spektakel zu veranstalten?«

»Kikeriki, spiel dich nicht so auf, als ob du hier etwas zu sagen hättest!«, kräht der Hahn zurück. »Das ist meine Burg und ich mache hier, was ich will!«

»Deine Burg? Du träumst wohl? Die Burg gehört immer noch Lord Hopkins!«, sage ich.

»Kikeriki-kak«, meint der Hahn, »mag sein, dann soll er mich darum bitten, meinen Morgengesang einzustellen!«

»Aber in unserem Stall schläft seine Nichte Bine!«, zische ich.

»Wenn es sie stört, muss sich das junge Fräulein eben einen anderen Schlafplatz suchen! Kikeriki!«

»Jetzt reicht es mir! Du wirst uns nicht noch einmal vertreiben! Und du hörst sofort mit dem Geschrei auf. Sonst kannst du was erleben!«

»Kikeri, du willst mir drohen?«

»Allerdings! Dich und deine Hühner hat wohl schon lange niemand mehr über den Hof gejagt. Aber das kannst du haben, wenn du dich weiter so benimmst!«

»Kikeriki, kikeriki, du machst mir keine Angst!«, krächzt der Hahn.

»Hör sofort auf, so laut zu krähen!«, sage ich.

»Kikeriki, kikeriki, kikeriki, kikeriki!«

»Ich werde dir zeigen, wo dein Platz ist!«, rufe ich und nehme Anlauf und springe auf den Hahn zu.

»Kikeri, kik«, kreischt Doodle entsetzt und flattert hektisch davon. Die Verfolgungsjagd kann beginnen! Ich treibe ihn vor mir her auf die offene Stalltür zu. Er ist genauso einfältig wie Amato. Mit einem Satz hüpft er in seinen Stall und denkt, er wäre in Sicherheit.

Jetzt habe ich ihn da, wo ich ihn haben wollte. Ich ziehe die Tür zu und lasse den Holzriegel einschnappen. Endlich Ruhe! Befreien kann ich ihn und seinen Hühnerhaufen später, wenn Bine und Paula ausgeschlafen haben.

Doch als Bine und Paula endlich aufwachen, habe ich den Hahn längst vergessen. Es gibt Wichtigeres zu tun.

Bine gähnt herzhaft. »Guten Morgen, Paula. Ich habe richtig gut geschlafen, und du?«

»Ich auch. Wir sollten öfter im Stall schlafen!«

»Ich hätte nichts dagegen«, iaht Emil.

»Ich auch nicht. Trotzdem sollten wir Bine und Paula schnell zeigen, was wir gestern herausgefunden haben«, sage ich.

Ich zupfe Bine behutsam am Ärmel ihres T-Shirts.

»Guten Morgen, Hopper. Vielen Dank für den Unterschlupf heute Nacht«, sagt Bine und krault mich.

Ich zupfe ein bisschen heftiger.

»He, zerreiß mir nicht mein T-Shirt!«, lacht Bine.

Oje, sie ist schon wieder schwer von Begriff. Ich schiebe mit der Schnauze gegen ihren Rücken.

»Ich glaube, Hopper will, dass du aufstehst«, erkennt Paula.

»Kommt mir auch so vor«, meint Bine und schält sich aus ihrem Strohbett. »Na gut, du Quälgeist! Wo soll es hingehen?«

Ich tappe voran. Am Brunnen mache ich halt und gucke erwartungsvoll zu Bine. Aber die zuckt mit den Schultern.

»Ich sehe bloß einen alten Brunnen, Hopper. Hast du etwa Durst und ich soll mit dem Eimer Wasser für dich heraufziehen? Das könnten wir aus dem Wasserhahn einfacher haben.«

»Hihi«, kichert Emil, »da bin ich aber erleichtert, dass deine heiß geliebte Bine auch nicht sofort kapiert, worauf du hinauswillst.«

»Aber warum nicht?«, meine ich verzweifelt.

»Dann spitze mal die Ohren, du großer Detektiv«, lacht Emil.

Ich lausche angestrengt und – höre NICHTS. Absolut nichts. Einen Moment bin ich verwirrt. Gestern war es doch klar und deutlich … Aber natürlich! Gestern hat es auch gewindet wie verrückt. Ich recke mich über den Brunnenrand und angle mit dem Maul nach dem Eimer. »Rrrttt-rrrttt.«

Kaum habe ich den Eimer zu mir hergezogen und wieder losgelassen, rasselt und scheppert die rostige Kette wie in der Nacht.

Bine schreit: »Mensch Paula, das ist doch genau das Kettenrasseln, das wir gestern gehört haben. Du bist genial, Hopper!«

»Bei Tageslicht hört es sich nur noch halb so gruslig an«, gesteht Paula. »Aber was ist mit den Schritten und den klappernden Zähnen?«

»Wetten, dass es dafür ebenfalls eine Erklärung gibt? Wir müssen den Geräuschen bloß auf den Grund gehen so wie Hopper«, meint Bine.

Die beiden Mädchen stürmen in die Burg. Ich bin sehr zufrieden.

»Siehst du«, prahle ich, »ein guter Detektiv kann sogar Gespenster enttarnen!«

»Ja«, schmunzelt Emil, »bin gespannt, was unsere Freundinnen herausfinden werden.«

Edward der Kahle

Wir müssen nicht lange auf die Antwort warten. Beim Frühstück im Garten platzen Bine und Paula mit den Neuigkeiten heraus.

»Es waren überhaupt keine Gespenster vor unserer Tür«, kichert Bine, »sondern der Wasserhahn im Bad tropft.«

»Aber das ständige Tock, Tock, Tock hat sich wirklich wie Schritte angehört«, sagt Paula.

»Das Zähneklappern war ein loser Fensterladen vom Zimmer nebenan. Der Wind gestern Nacht hat ihn immer wieder gegen die Mauer knallen lassen. Das klang echt schaurig!«, erzählt Bine.

»Ich habe dir schon so oft gesagt, dass wir

die Burg dringend renovieren müssen, Hopkins«, schimpft Lady Mary. »Jetzt siehst du, was du angerichtet hast. Die Mädchen dachten, es spukt bei uns!«

»Wahrscheinlich glaubte die Köchin das auch«, bekräftigt Bine, »deshalb ist sie bestimmt gestern geflohen!«

Lord Hopkins lacht so heftig, dass er versehentlich an den Tisch rumpelt und der Tee aus den Tassen schwappt.

»Ihr Mädchen seid goldrichtig! Habt euch nicht ins Bockshorn jagen lassen! Und um die Köchin tut es mir ehrlich gesagt nicht leid. Ihr Tee war grauenvoll und deine Gurkensandwichs schmecken sowieso viel besser, Mary!«

»Aber ohne Hopper wären wir nie auf die richtige Spur gekommen«, gesteht Bine wahrheitsgemäß.

»Du willst die Burg also immer noch nicht reparieren lassen?«, hakt Lady Mary nach.

»Ich habe eben keine Lust auf den Baulärm!«, erklärt mein Lord.

»Aber wir könnten in der Zeit doch endlich die Weltreise machen, die du mir schon so lange versprochen hast«, schlägt Lady Mary vor, »dann hörst du von dem Baulärm kein bisschen.«

Hopkins schüttelt entschieden den Kopf. »Unsinn, in den meisten Ländern waren Hopper und ich doch schon, als wir mit der Theatertruppe unterwegs waren. Außerdem darf es in einer alten Burg ruhig ein wenig klappern und scheppern!«

Lady Mary presst die Lippen aufeinander, rührt in ihrem Tee und sagt nichts mehr.

Aber mein Lord ist ganz aufgekratzt: »Was

haltet ihr denn von einem ausführlichen Rundgang nach dem Frühstück? Ihr habt schließlich noch gar nicht alles gesehen.«

Bine und Paula nicken begeistert. Ich schiele zu Lady Mary.

Oh weh, sie scheint sich an das Gleiche zu erinnern wie ich.

»Lass dir bloß nicht einfallen, wieder die alten Lügengeschichten auszupacken«, bestimmt sie.

»Was für Geschichten?«, fragt Bine.

»Ach, das war nur für die Touristen«, grinst Lord Hopkins.

»Ja, und für mich!«, schimpft Lady Mary.

»Das wirft sie mir immer wieder vor«, behauptet Lord Hopkins und zwinkert in die Runde. »Bloß, weil wir Hopper einmal verkleidet haben … Es sah eben nach Regen aus!«

»So eine faule Ausrede! Ponys sind nicht aus Zucker, sie halten Regen aus!«, sagt Lady Mary.

Damit hat sie recht, wir Ponys sind sozusagen wetterfest. Das müssen wir in England auch sein, denn hier regnet es noch häufiger als in Deutschland. Deshalb sind die Wiesen ja so saftig und grün. Aber mein Lord und ich hatten mit meiner Verkleidung natürlich etwas ganz anderes vor.

»Diesmal benehmt ihr euch anständig! Versprichst du mir das, Hopkins?«, drängt Lady Mary.

»Aber ...«, sagt Hopkins.

»Also, Tante Jo hat mich ebenfalls beauftragt, auf Hopper aufzupassen, damit er keine Dummheiten anstellt!«, sagt Bine.

Lord Hopkins tätschelt meinen Hals: »Hast du gehört, mein Freund, diesmal keine Streiche. Unsere Damen scheinen sich in dem Punkt einig zu sein!«

Ich reibe meinen Kopf an seiner Schulter.

»Aber diese Geschichte, von der ihr vorhin gesprochen habt, würde ich trotzdem gerne erfahren!«, gesteht Paula. Hinter Lady Marys Rücken macht Lord Hopkins ein Zeichen, dass er ihr davon gleich drinnen erzählt.

»Komm, Emil, während der Burgführung zeige ich dir die Umgebung!«

Wir traben los.

»Verrätst du mir, wieso du dich verkleidet hast?«, fragt Emil.

»Das war wegen Edward dem Kahlen«, erkläre ich.

»Wer ist der kahle Edward?«

»Och, niemand!«, winde ich mich.

»Jetzt rück schon raus mit der Sprache!«, fordert Emil.

»Also gut. Vor vielen Jahren, als noch regelmäßig Besucher auf die Burg und zu den Turnieren kamen, haben wir ein Gespenst erfunden.«

»Erfunden? Wozu sollte das gut sein?«, fragt Emil.

»Ganz einfach, die Leute erwarten so was. Auf einer Burg muss es ein Gespenst geben, sonst ist es keine richtige Burg, verstehst du?«

»Nicht wirklich«, gesteht Emil.

»Dann überleg mal, woran denkst du bei einer alten Burg?«, helfe ich nach.

»An Ritter, Prinzessinnen, Schätze …«, zählt Emil auf.

»Und wer bewacht diese Schätze immer?«, frage ich.

»Ein Gespenst?«, rät Emil.

»Genau! Das Gespenst eines uralten Vorfahren, der keine Ruhe findet und den Schatz bewacht, bis der wahre Erbe gefunden ist!«, trumpfe ich auf.

»Also gibt es doch ein Gespenst!«, bibbert Emil.

»Nein, du Esel, Lord Hopkins hat es sich ausgedacht. Zum Spaß für die Besucher. Wenn er sie durch die Bildergalerie seiner Ahnen geführt hat, blieb er vor dem Bild von Lord Edward of Northcastle stehen, senkte die Stimme und behauptete, dass er immer noch durch die Flure spukt und den alten Familienschatz bewacht!«

»Und den gab es gar nicht wirklich?«, fragt Emil.

»Diesen Edward schon, aber sein Gespenst nicht«, sage ich. »Und genau das war das Problem. Wir wollten ein großes Gruselfest veranstalten. Für das ganze Dorf und alle Besucher, aber ohne echtes Gespenst ging das nicht.«

»Und was habt ihr dann gemacht? Ein Gespenst heraufbeschworen?«, vermutet Emil.

»So ähnlich. Lord Hopkins hat im ganzen Schloss Vorrichtungen gebaut, mit denen er schaurige Geräusche erklingen lassen oder Dinge bewegen konnte. Fast wie in einer Geisterbahn.«

»Was zum Beispiel?«

»Zum Beispiel hat er an eine alte Ritterrüstung im großen Saal unsichtbare Fäden gebunden. Und wenn die Besucher daran vorbeigingen, klappte das Visier auf und zu. Du hättest sehen müssen, wie die gerannt sind!«

Bei der Erinnerung daran muss ich immer noch lachen.

»Und wozu sollte das gut sein?«, fragt Emil.

»Menschen, besonders Kinder, mögen so etwas«, erkläre ich. »Sie gruseln sich gerne!«

»Ach so«, sagt Emil, »Menschen sind manchmal komisch!«

»Ja, aber es war wirklich sehr lustig und gruslig.«

»Und was hattest du dabei zu tun?«

»Ich war natürlich das Gespenst Edward.

Eingehüllt in ein weißes Laken mit rostigen Ketten und allem Drum und Dran. Das war meine erste Rolle! Eine gute Übung für unsere Theaterstücke später.«

»Deswegen hast du auch von Anfang an nicht an Gespenster geglaubt. Kein Wunder, wenn du es selbst gespielt hast«, kichert Emil.

»Das Beste daran war, dass wir Lady Mary nichts davon verraten haben. Sie ist selbst auf die Tricks und meine Verkleidung hereingefallen, bevor der Lord sie eingeweiht hat. Du hättest hören sollen, wie sie gekreischt hat!«

»Langsam verstehe ich, warum sie so schlecht auf dich zu sprechen ist!«, grinst Emil.

Der Wetterhahn

Während ich Emil alles erzähle, gehen wir innen an der Burgmauer entlang. Auf jeder Seite gibt es Treppen, die die Mauer hinaufführen. Wenn die Burg angegriffen wurde, konnten die Verteidiger rasch die Stufen hinauflaufen und die Feinde von oben mit Pfeilen beschießen. Oder ihnen stinkende Abfälle oder kochendes Öl auf die Köpfe kippen. Wenn ich hier unterwegs bin, habe ich auf Schritt und Tritt das Gefühl, in die Vergangenheit zu schlüpfen. Ich muss nur kurz die Augen schließen, dann kann ich die klirrenden Rüstungen der Ritter hören. Oder das Rattern der Ochsenkarren, mit denen die Bauern ihre

Getreidesäcke auf die Burg lieferten. Brüllend stellten sich ihnen die Wachen in den Weg und untersuchten jeden Wagen, damit nichts auf die Burg geschmuggelt wurde. Ein Minnesänger hockte am Brunnenrand, zupfte seine Laute und sang ein Lied für das Burgfräulein. Seine Angebetete warf ihm dafür aus dem Fenster ihres Turmzimmers ein spitzenbesetztes Taschentuch zu. Oder es stand ein Festgelage an. Den ganzen Tag brieten und backten die Köche in der Küche. Am Abend wurden riesige Platten mit Braten und Brot aufgetragen. Dazu gab es viel Wein und Bier. Die Musik spielte und es wurde getanzt und gelacht.

»Wieso ist das vergittert?«, fragt Emil mitten in meine Träume.

Er deutet mit dem Huf auf ein winziges Fenster, das nur eine Handbreit über den Boden ragt.

»Das ist das Kerkerfenster«, erkläre ich.

»Dort wurden im Mittelalter Leute eingesperrt, die etwas ausgefressen hatten.«

Ins Gefängnis geworfen zu werden, war wohl das Schlimmste, was einem passieren konnte. Es gab nur Wasser und altes, meist verschimmeltes Brot. Wer trotzdem nicht die Wahrheit sagen wollte, konnte sogar in der Folterkammer landen. Welche Gemeinheiten darin mit den Gefangenen angestellt wurden, will ich mir lieber nicht ausmalen.

Zum Glück hat Emil schon wieder etwas entdeckt und vertreibt meine düsteren Gedanken.

»Was ist denn das da oben auf der Spitze des Turms?«

Ich blicke nach oben: »Der Wetterhahn. Er zeigt an, aus welcher Richtung der Wind kommt. – Ach du dickes Ei! Der Hahn!«

Sofort wechsle ich vom gemütlichen Schritttempo in den Galopp und presche in Richtung Stallungen.

»Warte doch auf mich! Wo willst du so plötzlich hin?«, keucht Emil hinter mir.

»Ich muss den Hahn befreien!«, rufe ich.

Wie konnte ich das vergessen? Doodle hatte es wahrlich verdient, weggesperrt zu werden, aber nicht den halben Tag lang. Ich wollte ihn eigentlich noch vor dem Frühstück rauslassen. Aber dann kam so viel dazwischen. Nachdem ich selbst nicht gerne eingesperrt bin, plagt mich ein wahnsinnig schlechtes Gewissen.

Vor dem Hühnerstall bremse ich ab und lausche. Die Hühner schimpfen lautstark mit Doodle.

»Gack, gack, wie konntest du zulassen, dass wir eingesperrt werden?«

»Du bist doch unser Hahn und musst uns beschützen, gack, gack!«

»Gack, unternimm gefälligst etwas, gack!«

»Kikeri«, ertönt Doodles kleinlautes Krähen, »was soll ich tun? Ich kann nun mal die Tür nicht öffnen!«

Eilig zerre ich an dem Holzriegel. Am liebsten würde ich weglaufen, um dem Zorn der Hühner zu entgehen. Aber ich bin kein Feigling. Außerdem hätte ich dafür sehr, sehr schnell sein müssen. Denn kaum schwingt die Tür auf, flattern und purzeln die Hühner

ins Freie. Sie würdigen mich keines Blickes. Als Letztes kommt Doodle durch den Türrahmen und bleibt vor mir stehen. Er sieht ziemlich mitgenommen aus. Seine Hühner müssen ihm ganz schön zugesetzt haben.

»Entschuldige«, murmle ich, »eigentlich wollte ich euch viel früher rauslassen!«

»Kikerikiiii! Das wird dir noch leidtun, Pony! Sieh dich vor, von jetzt an hast du einen ganzen Hühnerhaufen zum Feind!«

Stolz erhobenen Hauptes wackelt er davon.

»Iah, das klingt aber gar nicht gut! Warum hast du das gemacht?«

»Weil er euch mit seinem grässlichen Krähen sonst aufgeweckt hätte«, gestehe ich. »Und Bine und Paula haben wegen der angeblichen Spukerei ohnehin kaum geschlafen.«

»Wenn das so ist, hast du alles richtig gemacht!«, findet Emil.

»Aber ich hätte ihn schneller befreien müssen«, klage ich.

»Quatsch, dieser aufgeblasene Angeber hat es nicht anders verdient!«, meint Emil.

Ich bin erleichtert, dass Emil auf meiner Seite steht. Auf den Esel ist Verlass! Wenn es um Paula geht, ist er genauso besorgt wie ich um Bine.

»Trotzdem hoffe ich, dass es kein Nachspiel hat«, murmle ich.

»Mach dir keine Sorgen, mit diesem Hahn werden wir schon fertig!«, verkündet Emil. »Und jetzt würde ich gerne den Turnierplatz sehen!«

Turnierfieber

Der Turnierplatz liegt außerhalb der Burgmauern und wir müssen über die Zugbrücke. Viel zu sehen gibt es nicht, denn mein Lord veranstaltet seit vielen Jahren keine Turniere mehr. Übrig geblieben ist ein großer, viereckiger Sandplatz, neben dem immer noch die Holzbänke stehen. In meiner Erinnerung tauchen die zahlreichen Zuschauer auf, die dort saßen. Sie klatschten und johlten, wenn die Ritter auf ihren stolzen Rössern hereintrabten. Jeder Ritter hatte seine eigenen Farben, in denen sowohl sein Pferd als auch sein Schild und seine Rüstung geschmückt waren. Mein Lieblingsritter trug Silber und Dunkelblau. Regelmäßig bezwang er den schwarzen Ritter. Der schwarze Ritter war ein Bösewicht, wie er im Buch steht. Er hielt sich nie an die Regeln. Sobald er die anderen Ritter mit seiner Lanze aus dem Sattel gestoßen hatte, griff er sie unehrenhaft von hinten an. Und er kämpfte mit dem fiesen Morgenstern und nicht mit dem stattlichen Schwert wie mein Lieblingsritter. Dem Publikum stockte immer der Atem, wenn er zum letzten Schlag ausholte. Aber mein Lieblingsritter konnte in letzter Sekunde zur Seite rollen und den Schwarzen doch noch besiegen. Zur Belohnung durfte er die wunderhübsche Prinzessin heiraten. Ich musste jedes Mal die Tränen zurückhalten, weil ich so gerührt war, wenn das schöne Paar in die Menge winkte.

Ich seufze tief.

»Das Spektakel fehlt dir wohl sehr?«, meint Emil mitfühlend.

»Manchmal. Es war eine tolle Zeit und als

Gauklerpferd bekam ich mit meinem Lord viel Beifall. Aber andererseits würde ich dann Bine und dich nicht kennen. Oder Tante Jos Apfelkuchen.«

»Weil du gerade von Kuchen sprichst«, meint Emil, »ich habe Hunger!«

Wir könnten zwar das Gras auf den herrlichen Wiesen um uns herum fressen, aber wenn ich mich nicht irre, ist bald Tee-Zeit. Deshalb schlendern wir zurück. Wir haben gerade die Zugbrücke überquert, da fällt neben mir etwas zu Boden. Das ist doch ein …

»Gack, gack, gack!«

Das klingt wie Kampfgeheul! Und dann geht es erst richtig los. Von oben prasselt ein wahrer Eierregen herab. Ich versuche, durch das Tor zu kommen, aber es wird nicht besser. Die Hühner haben sich auf beiden Seiten zwischen die Zinnen gehockt und offensichtlich auf unsere Rückkehr gewartet. Jetzt legen sie alle gleichzeitig ihre Eier und lassen sie

uns auf den Kopf plumpsen. Platsch! Etwas Weißes landet direkt auf dem Schirm meiner Detektivkappe.

»Kikerikiiiiii! Treffer!«, johlt Doodle.

Da er keine Eier legen kann, hat er mir tatsächlich auf die Mütze gekackt.

»He! Spinnst du?«, brülle ich sauer nach oben. Aber da trifft mich das nächste Ei am Rücken und ich laufe schleunigst davon.

»Puh«, stöhnt Emil. »Ich tropfe und klebe überall!«

Ich nicke. »Wir müssen das Zeug unbedingt loswerden, bevor wir uns beim Fünf-Uhr-Snack blicken lassen. Lady Mary ist in Sachen Sauberkeit sehr pingelig!«

»Iah, wir brauchen Paulas und Bines Hilfe!«

»Vielleicht sind die beiden schon im Garten«, hoffe ich.

Wir tappen los. Überall hinterlassen wir kleine gelbe Eidotter-Spuren. Hinter Lady Marys Brombeersträuchern bleiben wir stehen und spitzen vorsichtig um die Ecke.

»Ich sehe sie nicht«, wispert Emil.

»Doch, da, in den zwei Liegestühlen!«, flüstere ich zurück. »Aber ich kann leider nicht sehen, ob Lady Mary in der Nähe ist.«

Ich schnaube leise.

Paulas kurzer, brauner Schopf richtet sich auf. »Hast du das gehört?«

»Hörst du schon wieder die Gespenster husten?«, kichert Bine.

Ich schnaube noch einmal. Jetzt wirbeln auch Bines blonde Zöpfe herum. »Hopper?«

Ein drittes Schnauben, und sie ist auf den Beinen und guckt in alle Richtungen. Mir fällt nicht zum ersten Mal auf, dass Menschen viel schlechter hören als Ponys. Ich erkenne beim leisesten Geräusch, woher es kommt. Bine muss sich meistens erst umsehen. Nachdem ich an den Sträuchern schüttle, kommt sie auf uns zu.

»Wieso versteckt ihr … Auweia, wie seht ihr denn aus?«

»Was klebt da in eurem Fell?«, fragt Paula.

Bine berührt vorsichtig eine Stelle mit dem Finger und schnüffelt daran. »Das sind Eier!«

Paula grinst: »Habt ihr etwa ein Turnier mit den Hühnern veranstaltet und verloren?«

»Dann gibt es morgen vermutlich keine Eier zum Frühstück, weil die Hühner ihre ganze Munition verschossen haben«, gluckst Bine.

»Iah-haha«, macht Emil.

»Brrr«, grummle ich entrüstet.

Mag ja sein, dass wir urkomisch aussehen mit unseren Eiermasken. Aber ihre Schadenfreude könnten sich die beiden trotzdem sparen. Immerhin habe ich ihretwegen den Streit mit Doodle angefangen. Was sie natürlich wieder mal nicht wissen, weil sie ja tief und fest geschlafen haben. Wenigstens gehen sie mit uns zum Stall und holen das Putzzeug.

Es dauert ganz schön lange, bis Emil und ich wieder sauber sind. Bine muss uns sogar mit dem Wasserschlauch abspritzen. Zum Schluss nimmt sie meine Detektivkappe und runzelt die Stirn.

»Hühnerkacke! Da muss ich mit Wasser und Seife ran, sonst geht das nicht raus. Und anschließend muss ich sie zum Trocknen aufhängen. Du wirst für den Rest des Tages auf deine Mütze verzichten müssen, Hopper!«

»Die Wäsche musst du auf nachher verschieben, Bine. Es ist kurz nach fünf. Deine Tante und dein Onkel warten sicher schon auf uns!«

So schnell wir können, rennen wir in den Garten zurück. Aber am Tisch sitzt nur Lady Mary. Von meinem Lord ist weit und breit nichts zu sehen. Erstaunlich, seit ich ihn kenne, hat er noch nie die »teatime« verpasst. Im Gegenteil, normal lässt er alles liegen und stehen, bloß um pünktlich seine Tasse Tee zu trinken.

»Wo ist Onkel Hopkins?«, fragt Bine.

»Weiß ich auch nicht«, erwidert Lady Mary. »Wir werden ohne ihn anfangen!«

Sie verteilt Tee und Brote, sogar an Emil und mich, ohne zu zögern. Das ist mindestens ebenso verwunderlich. Lady Mary beharrt sonst darauf, dass nur gemeinsam gegessen wird.

Ich habe bereits mein zweites Gurkensandwich verdrückt, als Lord Hopkins endlich anrückt. Seine Fliege sitzt schief und seine Weste ist nicht zugeknöpft, als ob er in großer Eile gewesen wäre.

»Verzeiht, ihr Lieben, ich hatte keine Ahnung, dass es schon so spät ist. Ich kann meine Taschenuhr nirgends finden!«, jammert er.

Der Spuk geht weiter

Am nächsten Morgen wache ich noch vor Doodles Weckruf auf. Umso besser, dann muss ich mich nicht wieder mit ihm anlegen, um ihn zur Ruhe zu bringen. Außerdem schlafen Bine und Paula in ihrem Zimmer, nachdem die Sache mit dem Spuk geklärt ist. Unsere Freundinnen hätten uns zwar gerne noch einmal Gesellschaft geleistet, aber das hat Lady Mary nicht erlaubt. Wenigstens muss ich mir dann keine Sorgen um die beiden machen.

Der Sonnenaufgang taucht die Nordburg in rotgoldenes Licht. Wie ein Märchenschloss sieht sie aus. Andächtig blinzle ich in die warmen Strahlen und genieße den friedlichen Moment.

Meine Mütze fällt mir ein. Ob sie sauber geworden ist? Wehe, wenn nicht, dann kann dieser Hahn etwas erleben! Ich beschließe, der Wäscheleine einen Besuch abzustatten und mir meine Kappe zu holen. Jeder soll auf den ersten Blick erkennen, dass er es mit Lord Hopper, dem Ponydetektiv, zu tun hat. Auch wenn ich gerade nicht im Einsatz bin. Der nächste Fall könnte hinter jeder Ecke lauern und dann will ich bereit sein.

Die Wäscheleine ist zwischen zwei Eichenbäumen im Garten gespannt. Es klemmen lediglich vier Wäscheklammern daran. Von meiner Mütze keine Spur. Hat Bine sie etwa noch gar nicht gereinigt? Versprochen hat sie es. Gleich nach dem Tee wollte sie sich daranmachen. Komisch. Na, vielleicht hat sie sie ja auch im Badezimmer aufgehängt. Bloß schade, dass ich mich jetzt bis zum Frühstück gedulden muss.

Ich muss sogar noch länger ausharren, denn

es fängt an zu tröpfeln. Der sprichwörtliche englische Regen! Das war's dann mit den gemeinsamen Mahlzeiten im Garten. Aber Bine und Paula vergessen selbstverständlich nicht, uns zu versorgen.

Gerade mistet Bine den Stall aus und Paula schleppt einen Eimer mit Trinkwasser herein.

»Hast du eigentlich die Mütze schon wiedergefunden?«, fragt Paula.

»Erinnere mich nicht daran«, stöhnt Bine und schielt nervös zu mir rüber.

Ich spitze die Ohren. Es geht mit Sicherheit um meine Mütze!

Bine behauptet: »Ich bin mir sicher, dass ich sie auf die Leine gehängt habe. Ich habe sie sogar mit vier Wäscheklammern befestigt, damit sie nicht runterfallen kann!«

»Aber dann muss sie doch irgendwo sein«, meint Paula.

»Ich habe überall gesucht«, jammert Bine, »im Garten, im Bad, in unserem Zimmer – sie ist wie vom Erdboden verschluckt!«

»Vielleicht hat sie jemand gestohlen«, vermutet Paula.

»Wer sollte denn Hoppers olle Mütze klauen?«, wehrt Bine ab.

Was soll das heißen? Ich schnaube empört. Schließlich bin ich überzeugt, dass meine Mütze die schönste weit und breit ist. Bestimmt hätte jeder gerne so eine. Aber nur ein Meisterdetektiv wie ich hat sie verdient!

Die Mädchen beachten mich nicht weiter. Paula zuckt bloß mit den Schultern.

»Na ja, aber es ist doch merkwürdig, dass

gestern Lord Hopkins' Taschenuhr verschwindet und heute Hoppers Mütze, oder?«

»Hast du einen Verdacht?«, fragt Bine.

Paula flüstert: »Ich bin überzeugt, es gibt doch ein Gespenst und es rächt sich, weil wir es nicht ernst genommen haben!«

»Zu Hause glaubst du doch auch nicht an Gespenster«, widerspricht Bine.

»Das ist etwas völlig anderes! Wir sind hier auf einer Burg. Jedes Kind weiß, dass in solchen uralten Gemäuern Gespenster umgehen. Wetten, die Köchin hat doch eines gesehen und dein Onkel und deine Tante verschweigen es uns, damit wir uns nicht fürchten?«, beharrt Paula. »Edward der Kahle ist bestimmt keine erfundene Geschichte, sondern Wirklichkeit!«

»Ich werde jetzt noch mal überall nach der Mütze suchen, bevor ich deine Gerüchte glaube!«, beschließt Bine.

»Iah – auweh«, quiekt Emil, als die beiden weg sind, »du hast mich belogen!«

»Ach, hör auf! Du musst deiner Freundin nicht alles nachplappern, Emil! Wie oft muss ich dir altem Esel noch sagen, dass es auf der Nordburg kein Gespenst gibt? Alles nur Einbildung!«

»Und was ist mit den verschwundenen Sachen? Sind die auch bloß Einbildung?«, schmollt Emil.

»Im Gegenteil! Und der Dieb wird es bald bitter bereuen, dass er mir meine Mütze weggenommen hat!«, rufe ich.

»Du weißt, wer es war?«, staunt Emil.

»Kikeriki«, äffe ich meinen Hauptverdächtigen nach und nicke: »Ich habe eine sehr sichere Vermutung!«

»Und wenn du wieder danebenliegst wie bei dem Katzendieb damals, iah?«

»Keine Sorge, das lasse ich nicht noch einmal zu. Ich werde noch ein paar Hinweise sammeln, bevor ich zuschlage. Diesmal geht es um meine Detektivehre!«

Emil zuckt zusammen. »Du bist ja richtig sauer!«

»Und wie! Ein Detektiv, der sich bestehlen lässt, wird ausgelacht und bekommt nie wieder einen Fall. Das muss ich verhindern!«

Als Erstes nehme ich den Garten unter die Lupe. Wenn Bine meine Mütze auf die Leine gehängt hat, dann muss der Täter hier gewesen sein. Ich stecke meinen Kopf hinter jeden Strauch und beschnuppere jede Blume, damit mir nur ja nichts entgeht. Da! Hinter dem Schnittlauch ... Ups! Beinahe wäre ich mit dem Kopf gegen jemanden geprallt!

»Hopper? Was machst du da? Willst du mir etwa helfen, meine Uhr zu suchen?«, fragt Lord Hopkins.

Ich schnaube und nicke. Zugegeben, das ist nur die halbe Wahrheit, aber er scheint

von meiner verschwundenen Mütze noch gar nichts zu wissen.

Er streichelt mich: »Sobald ich meine Uhr wiederhabe, müssen wir endlich etwas zusammen unternehmen, was meinst du?«

Prima Idee! Um ihm zu beweisen, was für ein guter Detektiv ich bin, rolle ich mit der Nase meinen Fund zu ihm rüber.

»Ein weißes Ei!«, ruft er. »Das muss von Emma sein, denn alle anderen Hühner legen braune. Gut gemacht, Hopper, Emmas Eier mag ich am liebsten. Leider versteckt dieses ängstliche Hühnchen sie immer besonders gut!«

Das ist nicht ganz der Erfolg, den ich erhofft habe. Denn mein Lord erkennt nicht, dass dieses Ei eine heiße Spur ist. Er ist eben kein so cleverer Assistent wie Bine oder Emil. Immerhin hat er mir eine Information gegeben, die sehr nützlich sein könnte. Dummerweise steckt er das Ei ein und will es morgen zum Frühstück verspeisen. Da geht es dahin, mein Beweisstück!

Verdacht im Stall

Das hält mich nicht davon ab, direkt zum Hühnerstall zu traben. Auf halbem Weg treffe ich Emil.

»Gerade wollte ich dir bei der Spurensuche helfen!«

»Nicht nötig, der Fall ist so gut wie aufgeklärt!«, sage ich.

»Aha, und wohin willst du jetzt?«, fragt Emil.

Ich knurre grimmig: »Hausdurchsuchung!«

Emil guckt verwirrt. »Das haben wir ja noch nie gemacht!«

»Diesmal ist es nötig. Komm mit und sei wachsam, damit kein Verdächtiger türmt!«, bitte ich ihn.

Ich gebe mir nicht die Mühe, anzuklopfen, sondern marschiere durch die Tür. Es riecht so bestialisch wie bei meinem ersten Besuch. Aber von dem Gestank lasse ich mich diesmal nicht abhalten. Jeden Winkel suche ich ab. Mit den Hufen durchwühle ich das Stroh und scheuche die Hühner von ihren Nestern auf, um darin nachzugucken.

»Kik, kikeriki. Du schon wieder? Hast du nicht genug von gestern?«

»Ich schon, aber du scheinbar nicht. Rück sofort meine Mütze und Lord Hopkins' Taschenuhr heraus!«, drohe ich.

»Kik, kik, kik, hast du etwa deinen komischen Hut verloren?«, kichert Doodle.

»Das ist überhaupt nicht lustig! Und tu bloß nicht so, du hast meine Mütze und die Uhr gestohlen!«, schreie ich.

»Was sollte ich damit anfangen? Dein Hut ist mir viel zu groß und ein guter Hahn wie ich braucht keine Uhr. Ein Blick in den Himmel und ich weiß haargenau, wie spät es ist! Kik, kik!«

Emil schaltet sich ein: »Du willst dich an Hopper rächen, das ist ja wohl Grund genug für deinen Diebstahl!«

»Kikeri, Rache ist süß! Hat euch denn unsere Eierschlacht gestern gefallen?«, lacht der Hahn. »Aber im Ernst, warum sollte ich die Uhr nehmen, wenn ich *euch* ärgern will?«

Ich muss zugeben, diese Frage habe ich mir auch schon gestellt. Die Uhr ist die Schwachstelle in meiner Theorie. Aber noch gebe ich nicht auf. Einen Trumpf habe ich noch!

»Aber ich habe Beweise! Wer ist Emma?«

Stille. Aber alle Köpfe drehen sich zu einem

kleinen Hühnchen, das sich sofort hinter einem größeren versteckt.

»Keine Angst, Emma, ich lasse nicht zu, dass dieser Holzklotz dir etwas antut!«, beruhigt Doodle und stellt sich sofort zwischen uns. »Kikeriki, Emma hat deinen Hut garantiert nicht. Sie hat nicht einmal bei der Eierattacke mitgemacht, weil sie sich viel zu sehr vor so etwas fürchtet!«

»Aber sie war am Tatort«, beharre ich, »es sei denn, es gibt noch ein Huhn, das weiße Eier legt!«

»Kikeriki, stimmt das, Emma?«

»Gack, gack«, gackert Emma leise, »aber ich habe die Mütze nicht genommen. Es war ein Gespenst!«

»Ein Gespenst?«, rufen alle gleichzeitig.

»Ja, gaack, gaaack! Es war schneeweiß und tauchte wie aus dem Nichts auf. Ich habe mich geduckt und vor Schreck ein Ei gelegt. Zum Glück hat es mich nicht gesehen und verschwand bald wieder mit der Mütze. Ich bin dann sofort weggerannt und habe mein Ei vergessen.«

»Danke, Emma, du hast uns sehr geholfen. Dann werde ich mir dieses Gespenst jetzt vorknöpfen!«, sage ich. Ich drehe mich um und verlasse den Hühnerstall.

»Iah, du glaubt diesen Unsinn doch nicht, Hopper?«

»Hast du Emma nicht beobachtet? Sie hat sogar beim Erzählen noch geschlottert vor Angst. Sie sagt die Wahrheit!«

»Aber du hast behauptet, es gibt kein Gespenst auf der Nordburg!«, widerspricht Emil.

»Emma ist nicht die Erste, die auf einen falschen Spuk hereinfällt, oder?«, sage ich.

Emil schüttelt entrüstet den Kopf: »Du wirst doch nicht auf das Unschuldsgetue eines Hühnchens hereinfallen! Emma will doch nur von den Schandtaten ihres Hahns ablenken!«

»Doodle ist ein Gauner. Aber ein hinterhältiger Diebstahl passt nicht zu ihm. Er ist stolz, dass er es mir gestern heimgezahlt hat, und will mit seiner Tat prahlen. Außerdem hat er wirklich keinen Grund, Lord Hopkins zu schaden«, erkläre ich.

Emil muss noch viel über Täter und ihre

Motive lernen. Ich habe auch zuerst gedacht, dass Doodle dahintersteckt, weil ich wütend auf ihn war. Ich habe ihm alles zugetraut. Aber ein guter Detektiv erkennt, wann ein Verdächtiger lügt und wann er die Wahrheit sagt. Und er weiß, dass jeder Täter ein Motiv braucht, also einen Grund, warum er etwas tut. Niemand stibitzt einen Apfel, wenn er ihm gar nicht schmeckt. Ich esse gerne Äpfel, fast so gerne wie Gurken. Aus dem Grund hat Tante Jo mich damals verdächtigt, als die Äpfel wegkamen. Aber nicht jeder, der Äpfel mag, klaut sie deshalb auch. Ich war nämlich trotzdem nicht der Apfeldieb, weil ich niemals stehlen würde. Klingt schwierig? Das ist es auch! Detektivarbeit ist nur etwas für schlaue Köpfe! Deshalb bin ich der Ponydetektiv und Emil ist nur mein Assistent!

Dummerweise bringt mich das wieder einmal nicht weiter. Ich habe keinen Schimmer, wer einen Grund hat, mir *und* meinem Lord zu schaden. Ich muss auf einen anderen Trick aus der Detektivkiste zurückgreifen.

»Wer ist deiner Meinung nach der Unauffälligste hier auf der Burg?«, frage ich Emil.

»Iah-häää, du stellst manchmal merkwürdige Fragen. Was hat das mit unserem Fall zu tun?«

»Das ist doch ganz einfach. In den Krimis, die Bine und ich gelesen haben, war der Täter zum Schluss immer der, den wir das ganze Buch über am wenigsten verdächtigt haben.«

»Und woran liegt das?«, wundert sich Emil.

»Weil der wahre Täter am meisten zu verbergen hat. Er gibt sich die größte Mühe, im Hintergrund zu bleiben und nicht aufzufallen.«

»Dann war es James!«, ruft Emil.

»Der Butler?«

»Genau! Seitdem er uns vom Schiff abgeholt hat, haben wir ihn kaum zu Gesicht bekommen. Er versteckt sich!«

»Du hast völlig recht«, lobe ich Emil.

»Iah! Ich kann mir allerdings nicht vorstellen, was er gegen dich und den Lord haben sollte.«

»Nichts leichter als das!«, behaupte ich. »Wir werden ihn beschatten und sein Motiv aufdecken.«

»Aber er hat meistens in der Burg zu tun«, gibt Emil zu bedenken.

»Wir schmuggeln uns eben rein!«

Von diesem Teil meines Plans bin ich weit weniger überzeugt, als ich klinge. Er bereitet mir sogar ziemliche Bauchschmerzen. Ein Pony *und* ein Esel in der Burg … Wenn Lady Mary uns erwischt, dann gibt es mächtig Ärger. Ich befürchte, nicht mal Bine und Paula wären begeistert. Aber uns bleibt nichts anderes übrig. Ein Detektiv darf kein Risiko scheuen, um einen Fall zu lösen!

Der finstere Butler

In die Burg zu gelangen, ist viel leichter als gedacht. Lord Hopkins und Lady Mary unternehmen mit Bine und Paula einen Ausflug rüber nach Schottland. Lady Mary will den Mädchen Schottenröcke kaufen. Bei einem Einkaufsbummel sind Emil und ich überflüssig. Umso besser! Dann denkt James, dass er ungestört ist, und verrät sich bestimmt!

Die Eingangstür ist nicht abgeschlossen und wir können problemlos hindurchschlüpfen. Wir landen in einer großen Halle. Zum Glück ist der Butler nicht da! Überall stehen Steinstatuen und eiserne Kerzenleuchter. Dicke, schwere Teppiche verschlucken unsere

Schritte. Prima, dadurch können wir uns nach einem geeigneten Versteck umsehen, ohne dass James uns hören kann. Je zwei Türen gehen links und rechts in die angrenzenden Zimmer ab. Eine geschwungene Treppe führt in den ersten Stock. In einem Durchgang entdecke ich eine schmalere Treppe nach unten. Vermutlich in den Keller und in den Kerker. Dort wird sich der Butler wohl kaum freiwillig aufhalten. Aber hoffentlich ist er nicht oben. Treppensteigen ist schwierig für uns Vierbeiner. Besonders, wenn die Stufen so eng und kurvig sind. Das schaffe nicht einmal ich. Wir müssen uns also mit dem begnügen, was wir hier unten auskundschaften können.

Mit einer stummen Kopfbewegung deute ich Emil, mir zu folgen. Vor der ersten Tür muss ich nur schnuppern, um zu wissen, was dahinter ist: die Küche! Es duftet noch nach dem gebratenen Frühstücksspeck und den Spiegeleiern. Seit die Köchin weg ist, muss der Butler mit Sicherheit dort aushelfen. Ich spähe durchs Schlüsselloch. Niemand zu sehen. Logisch, für wen sollte er jetzt auch Essen zubereiten! Sind ja alle ausgeflogen.

Da wird die Tür direkt daneben aufgestoßen. James balanciert ein beladenes Tablett mit benutztem Geschirr aus dem Speisesaal. Er ist voll darauf konzentriert, nichts fallen zu lassen. Deshalb können wir gerade noch in einen Fenstererker, der durch einen Vorhang abgetrennt ist, fliehen. Hoffentlich bemerkt James nicht, wie der Stoff wackelt. Ich spähe durch den schmalen Spalt. Puh, Glück gehabt! Wie nicht anders zu erwarten war, schleppt der Butler die Sachen in die Küche, und es klirrt und klappert leise.

»Ist etwas kaputtgegangen?«, fragt Emil.

»Schön wär's, dann käme wenigstens ein bisschen Action in die Bude!« Ich luge durchs Schlüsselloch: »Aber er spült bloß ab und das kann noch eine Weile dauern!«

Emil gähnt: »Ist Beschatten immer so langweilig?«

Ich erinnere mich an meinen ersten Fall. Stundenlang musste ich hinter einer Strohwand ausharren, bis endlich etwas passierte.

»Ein Detektiv braucht ein bisschen Durchhaltevermögen. Du kannst nicht erwarten, dass die Verbrecher genau in der Sekunde etwas anstellen, in der du gerade hinsiehst!«

»Ia-ahhh, das kann ein laaanger Tag werden!«

Immer wieder kontrolliere ich, was James treibt. Aber er steckt nicht einmal einen silbernen Teelöffel ein. Nachdem er endlich in der Küche fertig ist, wechselt er in das linke Zimmer auf der anderen Seite. Als er die Tür öffnet, strömt ein würziger, schwerer Geruch in die Halle. Alles klar! Hierhin zieht sich mein Lord zurück, wenn er ein Pfeifchen rauchen will. Das könnte der Tatort für den Diebstahl der Taschenuhr sein!

Sofort bin ich hellwach und pirsche mich heran. Durch die angelehnte Tür kann ich einen offenen Kamin und einen gemütlichen Ohrensessel sehen.

Der Butler hat das Fenster aufgemacht, um zu lüften. Ein mehr als guter Einfall. Pfui, wie das stinkt! Schlimmer als in Doodles Stall. Das Rauchen sollte sich mein Lord schleunigst abgewöhnen!

Aber halt – was treibt der Butler jetzt? Er fingert am Kamin herum. Sucht er den Hebel zu einem Geheimgang, durch den er abhauen will? Solche Hebel sind doch immer neben dem Kamin verborgen. Oder im Bücherregal! Man muss nur das fünfte und das siebte Buch verrutschen und schon gleitet die Wand zur Seite und offenbart ein geheimes Versteck. Darin ist meine Mütze, die Uhr und anderes Diebesgut verborgen …

Meine Fantasie ist aufregender als die Wirklichkeit.

James schippt die Aschenreste aus dem Kamin und stapelt die nicht benutzten Holzscheite ordentlich aufeinander. Dann stellt er zwei Bücher vom Beistelltisch zurück ins Bücherregal.

Der Kerl ist wahrlich ausgefuchst! Er spielt den braven Diener perfekt.

Aber ich behalte ihn auch im nächsten Raum im Auge. Das ist die Ahnengalerie der Nordburg. Netterweise hat James die Tür diesmal sogar sperrangelweit offen gelassen. Emil und ich können alles von unserer Nische aus sehen.

Eine glänzende Rüstung thront in der Mitte. An den Wänden hängen Bilder sämtlicher Vorfahren meines Lords. Ich erkenne Edward den Kahlen am anderen Ende sofort, denn er ist der Einzige mit einer Glatze. Eine gute Wahl meines Lords, ihn zum Burggespenst zu küren. Er guckt so grimmig, dass sich automatisch jeder gruselt, der ihn ansieht. Würde mich nicht wundern, wenn er früher tatsächlich durch die Hallen der Burg gespukt hätte!

James steht auf einer Leiter und feudelt mit einem Staubwedel über die Bilderrahmen. Er wendet uns den Rücken zu und trällert ein Lied. Scheint sich seiner Sache ja sehr sicher zu sein, der Gute! Aber er ist nicht der Erste, der Lord Hopper, den Ponydetektiv, und seinen Assistenten Emil Esel unterschätzt. Diesen Fehler hat schon so mancher begangen! Pech für die Schurken!

Emil tritt unruhig von einem Bein aufs andere und zieht Grimassen. Ich würde ihm gerne zuflüstern, dass er sich ruhig verhalten soll, damit wir nicht auffliegen. Doch mein Geflüster wäre nur noch lauter. Deshalb gebe ich ihm nur einen leichten Schubs und schüttle mit strenger Miene den Kopf. Schuldbewusst lässt der Esel die Ohren hängen. Das mag ich an Emil: Er begreift meistens schnell! Wir beobachten also weiterhin die Arbeit des

Butlers. Man muss James zugutehalten, dass er mehr als gründlich ist. Kein Staubkörnchen entgeht seinem Putzfimmel.

Als er sich an das Porträt von Edward macht, halte ich den Atem an. Jetzt muss doch endlich etwas Ungewöhnliches geschehen!

Aber Fehlanzeige!

Als James in der Galerie fertig ist, geht er in den Keller. Wie ärgerlich. Dorthin können wir ihm nicht folgen. Was er wohl treibt? Wir müssen nicht lange auf die Antwort warten, denn er taucht bald wieder auf. Im Arm hat er einen Korb und steuert auf den Ausgang zu.

»Hinterher!«, flüstere ich.

Wir verfolgen James in den Garten. Neben den Eichen stellt er den Korb ab und – fängt an, die Wäsche aufzuhängen. Das darf doch nicht wahr sein! Der Kerl ist ein Fuchs! Seelenruhig klammert er ein Wäschestück nach dem anderen an die Leine: Bines rotes Sweatshirt,

Paulas Jeans, Lord Hopkins' Hemden, Lady Marys blütenweißes Nachthemd, unzählige Socken, Handtücher und Bettwäsche.

Als er fertig ist, packt er den leeren Korb und steuert wieder auf die Burg zu.

»Mir reicht's!«, mault Emil. »Noch länger ertrage ich diese Hausarbeit nicht!«

»Wir können aufhören!«, verkünde ich.

»Ehrlich? Weißt du, wo deine Mütze ist?«, staunt Emil.

»Das noch nicht, aber ich habe den Täter entlarvt. Jetzt muss ich mir nur noch überlegen, wie wir ihn überführen!«

»Aber …«, sagt Emil.

»Pst, ich muss nachdenken!«

Nach kurzem Grübeln habe ich die Lösung.

»Los, wir nehmen ein Bettlaken mit«, rufe ich Emil zu und zupfe es von der Leine.

»Was willst du damit?«

Ich lächle: »Damit werde ich dem Täter seine Tat vor Augen führen. Lass dich überraschen!«

Emil seufzt: »Und was machen wir bis dahin?«

»Warten!«, schmunzle ich.

Emil stöhnt: »Oh nein, nicht schon wieder!«

Späte Rache

Endlich haben wir Zeit, uns in aller Ruhe dem saftigen Gras auf den Wiesen vor der Burg zu widmen.

Aber Emil kann sich kaum entspannen. »Du hast dasselbe beobachtet wie ich. Wie kannst du dann etwas über den Butler herausbekommen haben, was mir entgangen ist?«

»Ich habe eben genauer hingesehen!«

Emil drängelt, bittet und fleht, aber ein guter Detektiv gibt seine Lösung erst preis, wenn alle versammelt sind.

Emils Geduld wird auf eine lange und harte Probe gestellt. Erst bei Einbruch der

Dämmerung rollt das Auto den Feldweg entlang. Bine und Paula winken uns aus den Rückfenstern zu.

»Jetzt muss es schnell gehen«, bestimme ich. »Du nimmst das Laken und wirfst es mir über den Rücken, wenn ich es dir sage!«

»Verrätst du mir endlich, wozu das gut sein soll?«

»Das ist meine Verkleidung! Ich werde eine kleine Vorstellung geben.«

»Was willst du aufführen?«

»Wirst du gleich sehen. Komm jetzt! Und halte mir den Rücken frei wie beim letzten Mal. Du erinnerst dich?«

»Bei den Katzendieben? Iah, wird gemacht!«

Es ist sehr schön, dass Emil und ich so ein eingespieltes Team sind. Ohne meinen Assistenten wäre es viel schwerer!

Wir galoppieren los und schaffen es, noch vor dem Auto über die Zugbrücke zu preschen. Wie ein Empfangskomitee stehen wir vor dem Eingang bereit. Hinter uns, in steifer Haltung, Butler James. Sobald das Auto anhält, schreitet er an uns vorbei und öffnet Lady Mary galant die Wagentür.

»Aus dem Weg«, denke ich und schlängle mich an dem eifrigen Butler vorbei. Ich habe mich nicht geirrt. Lady Mary trägt einen Hut mit breiter Krempe auf dem Kopf. Eine englische Lady würde nämlich niemals das

Haus verlassen, ohne einen Hut aufzusetzen. Wie gut, dass darauf auch diesmal Verlass ist, denn ein Hut fehlt mir noch für meine Theatervorstellung.

Ich schnappe nach der Krempe und ziehe ihn ihr vom Kopf.

»Hopper, du Satansbraten, was fällt dir ein«, ruft sie empört und versucht, nach meiner Beute zu greifen.

Jetzt muss ich es sehr schlau anstellen, damit auch alle meine kleine Szene mitbekommen. Deshalb renne ich nicht sofort weg, sondern trete nur ein Stück zur Seite.

»Bleib hinter mir«, zische ich Emil zwischen den Zähnen zu, weil ich den Hut nicht fallen lassen will.

»Klar, wie abgesprochen!«, bestätigt Emil. »Bin schon gespannt, was du mit dem vornehmen Deckel anstellen willst!«

»Gib mir den Hut, Hopper!«, lockt Bine. »Ich habe dir auch was Leckeres mitgebracht!«

Eigentlich sollte sie wissen, dass ich im Einsatz nicht bestechlich bin. Aber weil ich meine Detektivmütze nicht trage, kann sie natürlich nicht ahnen, dass ich gerade einen Fall löse.

Lord Hopkins probiert, sich von hinten an mich heranzuschleichen. Tja, Pech gehabt, alter Freund! Ich habe von dem Besten gelernt, nämlich von dir. Deshalb kann man mich nicht überrumpeln. Schon gar nicht, wenn Emil hinter mir tapfer die Stellung hält.

»Hopper, du weißt doch, dass du Mary nicht so ärgern sollst«, stöhnt er, als er einsehen muss, dass er keine Chance hat.

Der Butler ist völlig überfordert. Er tappt mal hierhin, mal dorthin und ist für jeden ernsthaften Versuch zu spät dran. Im Gegenteil, er hindert unabsichtlich Paula daran, Emil an der Mähne wegzuzerren.

Im Rückwärtsgang bringe ich so die ganze Gruppe dazu, mir in den Garten zu folgen.

Ich schiebe mich nach dem Esel durch das Gartentor. Dann drehe ich den Menschen mein Hinterteil zu, um sie kurz in Schach zu halten.

Ich zische Emil zu: »Zieh mir bitte schnell das Laken über den Rücken!«

Geschickt wirft der Esel mir das Betttuch über die Kruppe. »I-ahh, Moment, das sitzt noch ein wenig schief!«, ruft er, als ich schon weiterstürmen will.

»Hihi, hätte nicht gedacht, dass du dir gleich James' Gründlichkeit abguckst!«, kichere ich. »Aber danke, für meine Zwecke genügt das so! Kannst du jetzt noch Lady Marys Hut auf die Wäscheleine legen, bitte?«

Meine Zuschauer hinter mir werden unruhig.

»Jetzt auch noch mein gutes Bettzeug«, stöhnt Lady Mary.

»Hopper, Emil, was soll das alles?«, rufen Bine und Paula.

Lord Hopkins meint: »Ich glaube, er verkleidet sich als Burggespenst!«

Um sie nicht länger hinzuhalten, drehe ich mich wieder um. Ich mache einen Knicks, damit jeder weiß, dass die Vorstellung jetzt beginnt. Dann tue ich so, als würde ich mich an die Wäscheleine heranpirschen. Ich tappe im Zickzack, verstecke mich hinter Büschen und spähe um jede Ecke. Bei der Leine angekommen, drehe ich den Kopf nach links und rechts. Erst als ich scheinbar sicher bin, dass mich niemand beobachtet – außer meinem

Publikum natürlich – angle ich nach Lady Marys Hut. Mit dem Hut im Maul presche ich, so schnell ich kann, davon. Aber bevor ich eine neue Verfolgungswelle auslöse, komme ich zurück. Ich verbeuge mich und knickse wieder in alle Richtungen.

Mit offenem Mund glotzen Bine und Paula mich an.

»Nette Vorstellung, aber ich verstehe den Sinn nicht«, gibt Lord Hopkins zu.

Und James? Er verzieht keine Miene!

»Das ging wohl in die Hose«, flüstert Emil. »Aber wenigstens ich habe erkannt, wessen Tat du nachgespielt hast!«

»Abwarten!«, murmle ich zurück.

In dem Augenblick ertönt ein Glucksen. Es wird immer lauter. Lady Mary tritt aus der Reihe und kommt auf mich zu. Sie hat Tränen in den Augen vor lauter Lachen.

»Das war großartig, Hopper! Jetzt weiß ich, was mein Mann an dir findet!« Sie tätschelt mir den Hals. »Du bist ein hervorragender Schauspieler! Genau so muss ich gestern Nacht ausgesehen haben. Keine Ahnung, wie du herausgefunden hast, dass ich ein weißes Nachthemd anhatte, als ich deine Mütze genommen habe!«

»DU hast Hoppers Mütze?«, staunt Bine.

»Nicht nur das«, grinst Lady Mary, »ich habe auch die Taschenuhr!«

»Aber, aber … Mary!«, ruft Lord Hopkins. »Warum?«

»Ich fand, es war an der Zeit, dass ich euch auch mal einen Streich spiele«, erklärt Lady Mary hoheitsvoll. »Wenn es nach mir gegangen wäre, hättet ihr eure Sachen erst am Ende der Woche zurückbekommen.« Sie lächelt mich an: »Aber dieser kleine, schlaue Kerl hier hat mir wie immer einen Strich durch die Rechnung gemacht!«

Ich reibe meinen Kopf an ihrer Schulter. Seit ich weiß, dass *sie* das diebische Gespenst auf der Burg ist, bin ich mächtig stolz auf sie. So viel Humor und Einfallsreichtum hätte ich ihr niemals zugetraut. Mein Lord und ich haben sie all die Jahre gründlich unterschätzt!

Mit ausgebreiteten Armen eilt Lord Hopkins auf seine Frau zu. »Mary, du bist eine Wucht! Das übertrifft all unserer Streiche um Längen!« Er umarmt sie innig und meint: »Kann ich denn jetzt meine Uhr wiederhaben? Ich habe es satt, immer zu spät zu kommen.«

»Nur, wenn du mir etwas versprichst«, fordert Lady Mary.

»Und was?«, fragt er.

»Dass du endlich die Burg renovieren lässt und wir währenddessen auf Reisen gehen!

Ich möchte auch endlich etwas erleben. Und komm mir nicht wieder mit der Ausrede, dass du mit Hopper schon alles gesehen hast!«

»Das verspreche ich hoch und heilig!«, lacht der Lord.

Erleichtert atme ich auf. Denn Lady Mary geht endlich los und holt meine Mütze und die Uhr. Feierlich setzt sie mir die Mütze auf den Kopf und sagt: »Du bist wirklich ein guter Detektiv!«

»Hurra, Hopper ist der beste Ponydetektiv der Welt!«, jubeln Lord Hopkins, Bine und Paula.